KB176969

사람 아닌 것들

사람 아닌 것들

김규로

orror

Things That Are
Not Human

사람 아닌 것들

〔 **1** 〕

정윤은 문득 '사람은 심연을 바라볼 때 본능적인 공포를 느낀다'는 말을 떠올렸다. 아무래도 정윤이 내리길 기다리기라도 하는 것처럼 10분째 닫히지 않는 엘리베이터 문 너머를 바라보고 있다 보면 그런 생각이 들지 않을 수 없었다. 이마와 등줄기를 타고 땀이 흘렀다. 엘리베이터 문 너머로는 늘 오가던 학교 복도가 보였지만 선뜻 발을 내디딜 수 없었다. 엘리베이터 밖으로 걸어 나가는 순간 무엇이 되었건 좋지 않은 일을 겪을지도 모른다는 긴장감이 온몸을 스쳐 지나갔다.

"응?"

정윤이 마지막으로 혹시나 하는 기대를 품은 채 손

가락에 힘을 줘서 닫힘 버튼을 세게 눌렀지만, 애석하게도 엘리베이터 문은 여전히 닫히지 않았다. 도대체 어쩌다가 이렇게 된 거지? 정윤은 지금 이 상황에 처하기 직전까지의 상황을 곰곰이 떠올려보았다.

분명 정윤은 야간 시간에 공부할 참고서를 4층 교실에 두고 와서 친구들과 함께 교실로 향했고, 어두운 복도를 걷던 중에 한 친구가 우리 학교의 다섯 가지 괴담에 대해 얘기를 하며 떠들었다. 정윤은 쓸데없는 소리라고 생각하면서 웃고 말았다. 대충 무슨 내용이었더라, "복도에 아무도 없는데 작동하는 엘리베이터는 타지 말고…" 같은 시답잖은 이야기였다. 그렇게 한창 얘기를 하면서 교실 앞에 도착해 교과서를 챙기고 나오니 친구들은 먼저 내려갔는지 보이지 않길래 뒤따라가려고 했는데, 마침 엘리베이터가 작동하고 있었다. 정윤은 얼른 타고 내려갈 심산으로 별생각 없이 엘리베이터 안으로 뛰어들었다.

솔직하게 말하자면, 엘리베이터가 야자 시간에는 작동을 멈춘다는 사실을 정윤은 알고 있었다. 하지만 그렇다고 해서 야자 시간에 작동하는 엘리베이터가 자신을 '학교처럼 보이는' 이상한 곳으로 데려다줄 거라는 예상을 했던 것은 아니었다. 당연히 그 사실을 알았다면 엘리베이터에 타지 않았겠지만, 후회해봐야 이미 정윤은 '학교처럼 보이지만' 본능적으로 학교가 아닌 것이 확실하게 느껴지는 곳에 이미 도착한 상태였다.

정윤은 결국 자신이 선택을 해야 한다는 현실을 받아들이기로 했다. 여기서 계속 문이 닫힐 때까지 막연하게 기다려보거나, 뭐가 있을지 몰라도 일단 엘리베이터 밖으로 나가보거나 둘 중 하나다. 간절하게 도움이 필요한 상황에서 신을 찾는 사람들의 마음이 이해되려던 순간, 정윤은 결국 한숨을 푹 내쉬며 발을 바깥으로 내딛기로 결심했다. 지금 이 상황에서는 결국 밖으로 나가는 것 외에는 방법이 없어 보였다.

마지막으로 크게 숨을 들이마셨다가 내쉰 뒤 발을 냅다 엘리베이터 밖으로 뻗었다. 두 발이 복도에 닿은 뒤 질끈 감은 두 눈을 뜨는 그 순간, 등 뒤에서 쿵 하는 작은 소음이 들렸다. 뒤를 돌아보니 엘리베이터는 그대로 작동을 멈추고 붉게 빛나던 숫자등 역시 꺼진 채 굳게 닫혀 있었다. 함정에 빠진 것 같다는 기분이 들었지만 이미 되돌릴 수 없는 선택이었다.

어두컴컴한 복도에 홀로 남겨진 정윤은 이제 자신이 무엇을 어떻게 해야 할지 고민해보기로 했다. 눈앞에 펼쳐진 복도는 조금 더 어둡고 습하긴 했지만 평소에 오가던 공간과 별다른 차이가 없어 보였다. 아주 잠시지만 불길한 기분이 자신의 피곤함으로 인한 착각은 아닐까 하는 작은 기대도 품어보았다. 그러나 그 기대를 완전히 부숴버릴 요량인지 복도 옆 창밖으로 고개를 돌렸을 때 보이는 광경은 정윤이 어떤 말을 해야 할지 난처하게 만들기 충분했다.

굳게 잠긴 유리창 너머로 달빛이 들어오고 있는데, 그 달빛을 받아들이지 않겠다는 듯이 어두컴컴하고 심연 그 자체만이 보일 뿐이었다. 빛이 '있지만 없는' 기이한 광경은 정윤으로 하여금 모든 판단 능력이 멈춰버리도록 만들기에 충분했다. 보면 안 될 것을 본 것 같은 기분에 정윤은 급히 고개를 돌렸다. 악몽을 꾸는 것은 아닌가 싶어서 숨을 크게 들이마시며 팔뚝을 세게 꼬집어봤지만, 피부에는 여전히 과하게 습한 공기가 와 닿고 있었고 꼬집은 팔뚝부위가 아팠다.

누가 봐도 이 세상의 풍경이 아닌 창문 바깥을 보지 않으려 외면하면서 정윤은 이제 어떻게 해야 할지 생각해보려 애를 썼다. 복도에 가만히 서 있는 것은 당연히 도움이 되지 않을 것이었다. 그렇다고 학교 바깥 운동장으로 나가보기엔 어두컴컴한 심연을 마주할 자신이 없었다. 혹시나 하는 마음에 뒤를 돌아 엘리베이터 버튼을 눌러봤다. 엘리베이터는 작동할 기미조차 보이지 않았다. 정윤은 자신도 모르게 입 밖으로 새어 나오는 한숨을 참지 못했다.

그때 어디선가 툭, 하는 소리가 들렸다. 정윤이 순간 움직임을 멈추고 소리가 난 방향을 바라보았다. 잠시 잘못 들은 건 아닌지 고민하며 소리가 난 쪽을 몇 초간 응시하고 있는데, 다시 한번 달그락거리는 소리가 복도에 울려 퍼졌다. 잘못 들은 것은 아니라는 생각이 듦과 동시에 정윤은 일단 소리가 나는 곳으로 걸음을 옮겨보기로 했다.

소리가 난 곳은 엘리베이터를 기준으로 해서 복도 오른쪽 방향이었는데, 그곳에는 음악실과 3학년 6반 교실이 있었다. 음악실은 정윤의 기억이 맞는다면 벽에 방음 처리가 되어 있었으니 아마도 3학년 6반이 소리의 근원이지 싶었다. 천천히 3학년 6반 교실 문을 열었을 때, 정윤은 교실 안이 텅 비었다는 사실에 뭔가 의아하다는 생각을 안 할 수가 없었다. 소리의 근원은 넓지도 않은 이 교실 안에 분명 숨어 있을 것이 분명했다.

"저기요?"

정윤이 소리 내 누군지도 모를 소리의 근원에게 물었다.

"아무도 안 계세요? …여기 계시는 거 다 아니까 대답하셔도 돼요."

여전히 돌아오는 대답은 없었다. 분명 정윤이 들은 소리는 환청 따위가 아니었다. 정윤은 교실 어딘가에 숨어 있을 누군가를 조금 더 불러보기로 했다.

"혹시 저랑 같은 상황이신가요? 저는 참고서 가지러 왔다가 갑자기 여기 오게 됐거든요? 여기가 우리 학교처럼 생기긴 했는데 학교는 아닌 거 같고…. 혹시 뭐 아시는 거 있으면 도와주실 수 있으실까요? 저는 그냥 여기, 사수고 다니는 평범한 학생이에요."

'사수고 다니는 평범한 학생'은 또 무슨 소리람. 정윤은 자신의 말에 스스로 황당하다는 생각을 문득 했다. 그때였다. 교실 구석의 청소도구함 안에서 부스럭거리는 소리가 들렸다. 공포영화 같은 데에서는 이렇게 바스락거리다가 방심하는 순간 미지의 생명체가 튀어나오던데, 정윤은 지금 자신이 그 미지의 생명체에게 공격당하는 입장이 된 건 아닌지 뒤늦은 걱정이 들었다.

잠시 바스락거리던 소리가 멈추다 정적이 흐르고,

몇 초가 더 흘러서야 청소도구함 문이 열렸다. 그리고 그 안에서 모습을 나타낸 것은 미지의 생명체 따위가 아니라 교복을 입은 평범한 학생이었다. 정윤과 다른 디자인의 교복을 입고 있긴 했지만 비슷한 또래로 보이는 학생은 다리가 저린지 손으로 허벅지를 주무르다가 고개를 들어 정윤과 시선을 맞췄다. 학생은 꽤 경계하는 태도를 보였다. 정윤이 할 수 있는 건 어색하게 웃다가 가볍게 목례를 하며 자신에게는 어떠한 불순한 의도도 없음을 내비치는 것뿐이었다.

잠시 동안의 경계 후 바깥으로 나온 학생은 내부에서 적지 않은 시간 동안 웅크리고 있었는지 다리가 저린 듯한 두어 걸음 걸어 정윤에게 다가오다가 그대로 주저앉았다. 말 그대로 바람 빠진 풍선처럼 철퍼덕 주저앉아버린 학생 때문에 정윤은 순간 놀라서 급히 그 학생을 부축하려 몸을 숙였다. 학생의 가슴팍에 '김지우'라고 새겨진 천 재질의 명찰이 보였다.

"괜찮아요?"

정윤의 물음에 김지우라는 학생은 저린 종아리를 손으로 꾹꾹 누르면서 고개를 끄덕이면서 말했다.

"원래 이렇게 요란하게 숨지 않는데 오늘따라 다리가 저려서…. 그런데 혹시…."

"네?"

"사람 맞죠?"

상당히 뜬금없는 질문에 정윤은 순간 당황스러운 표정을 숨기지 못했다. 다만 지우는 진지하게 물어본 것인지 웃음기 없는 표정이었다.

"그렇, 죠…? 제가 사람 아니면 뭐라고…."

"아, 다행이다. 나는 또 내가 못 본 새로운 거 뭐 그런 거 아닐까 싶어서 좀 걱정했다고요. 오해해서 미안해요, 내가 여기서 너무 오래 있어서 그런가 정신이 하나도 없네."

얼굴은 내 또랜데 말투는 우리 엄마 또래 말투네. 지우를 보면서 정윤의 머릿속에 든 생각이었다. 다만 지우와 따로 친분 있는 사이도 아니었기에 별도로 언급하진 않았다. 지우는 종아리를 계속 손으로 누르다가 어느 정도 쥐가 풀린 것인지 발목을 두어 번 돌려 본 다음 자리에서 일어나서 물었다.

"그런데 여기서는 처음 보는 얼굴인데…. 어디 있다 온 거예요?"

"저요? 저는 어디 있다가 왔다고 해야 하나…. 그냥 야자 시간에 쓸 자습서 두고 와서 교실로 다시 올라왔다가 엘리베이터가 작동하길래 별생각 없이 탔거든요.

그랬는데 문이 열리니까 여기여서…"

"…아."

지우의 표정에서 무슨 말을 하고 싶은 것인지는 모르겠지만 어떤 반응이든 해야겠다는 판단하에 머리를 굴리는 것이 드러났다. 두 눈을 도르륵 굴리는 지우를 바라보던 정윤은 그 순간 잠시 잊고 있던 의문을 다시 떠올렸다.

"저기! 저 그럼 뭐 하나만 물어볼게요. 여기 어디예요? 학교 같긴 한데 학교 아닌 거는 알 거 같거든요. 그리고… 저 밖에, 저 어두운 바깥은 왜 저러는 거예요? 무슨 영화 찍고 그런 건 아니죠?"

"그건, 사실 영화 찍는 거는 아니고…. 으음, 혹시 얼마나 알고 있어요?"

"저 사실, 솔직히 말하자면 아무것도 몰라요. 여기 도착한 지 한 15분인가? 아니, 사실 이것도 정확한 건 아닌데, 하여튼 그쯤 됐을 건데 일단 왜 엘리베이터를 탔는데 여기로 왔는지도 모르겠고요. 이 공간이 왜 있는지, 제가 왜 여기 있는지 자체를 몰라요!"

아. 지우가 바람 빠지는 소리를 냈다. 너무 쏟아내듯이 말했나 싶어서 정윤이 급히 입을 다물었지만 다행히 지우는 별다른 말을 하지 않았다. 지우는 어디서

부터 설명해야 할지 고민하는 듯 으음, 하는 작은 앓는 소리와 함께 살짝 눈가를 찡그렸다.

"일단 이게… 얘기하자면 꽤 긴 이야기긴 하거든요? 사실 저도 완전히 다 안다고 할 수는 없지만…."

그때였다. 어딘가에서 뎅, 하고 커다란 종소리가 들렸다. 어찌나 소리가 큰지 지우는 몸을 크게 떨었고 정윤은 급히 귀를 막아야 할 정도였다. 지우가 급히 교실문 쪽을 보다가 뭐라고 말을 하며 정윤의 팔을 잡아끌었다. 다만 뭐라고 하는지는 종소리가 너무 큰 탓에 들리지 않았다.

"뭐라고요?"

지우도 커다란 종소리 때문에 정윤의 말소리가 들리지 않았는지 대답을 해주지는 않았다. 그러고는 급히 청소도구함 안에 있던 빗자루들을 바깥으로 던지다시피 꺼내놓고선 그 안으로 정윤을 밀어 넣었다. 무슨 일인지 물을 새도 없이 청소도구함 안으로 들어간 정윤은 이게 무슨 상황인지 제대로 파악하지도 못한 채 자신의 맞은편에 몸을 구겨 넣고서 쪼그려 앉는 지우를 따라 시선만 이리저리 움직일 뿐이었다. 마치 이런 일을 여러 번 해본 것처럼 지우는 벌어져 있는 정윤의 두 다리를 가볍게 잡아 오므리게 하고선 자신 역시 몸을 최대한 웅크리고는 청소도구함의 문을 닫았다.

청소도구함 안은 옅은 빛이 문틈 사이로 살짝 들어오는 것이 전부였기에 정윤은 바로 코앞 맞은편에 앉은 지우의 얼굴조차 제대로 보기 힘들었다. 어느새 바깥에서 들려오던 종소리는 더 이상 들리지 않았다.

"무슨 일…."

"쉿!"

지우의 짧은 한마디에 정윤은 입을 다물었다. 무슨 일인지는 몰라도 지우의 말을 들어야 할 것 같았다. 지우가 쪼그려 앉아 있을, 아무것도 보이지 않는 앞을 뚫어져라 바라보던 정윤은 손으로 입을 틀어막았다. 안 그래도 습한 공기가 가득한 공간인데, 더 좁은 곳으로 들어오니 가만히 있는데도 땀이 줄줄 흘렀다.

"지금 상황이, 이해가 가지 않을 수도 있어요. 사실 나도 처음에 들어왔을 때 그랬거든요. 그래도 일단, 상황 정리될 때까지만 조용히 하고 있어요. 다 정리되면 궁금했던 부분들 설명해줄게요."

조용히 속삭이는 지우의 말에 정윤은 자신도 모르게 고개를 끄덕였다.

"그럼, 혹시 여기는… 제가 아는 학교는 아닌 거죠?"

"지금 내가 알고 있는 정보가 있긴 한데 이걸 여기

서 얘기할 상황은 아니고… 상황 정리되면 다 말해줄 게요. 같이 주변 돌아보면서 설명 들으면 이해할 수 있을 거예요."

그래도 다행히 이 상황에 대해 설명을 들을 수는 있겠구나 싶어서 정윤이 조그맣게 안도의 한숨을 내쉬었다.

그 순간, 바깥에서 비명 소리가 들렸다. 먼 거리에서 들려오는, 작지만 선명한 비명은 어딘가 억눌린 듯 쉬어버린 목소리였다. 한 사람이 아닌 듯 여러 사람의 비명이 들리자 정윤은 본능적으로 바깥으로 나가려 했다. 만약 자신처럼 이곳에 들어온 또 다른 사람들에게 문제가 생긴 것이라면 도와야 하는 것이 옳다는 생각이 들었다. 그러나 그 움직임을 막은 것은 지우였다. 그렇게 근육질의 몸이 아님에도 어디서 그런 힘이 나오는 것인지 몸을 숙여 정윤의 팔을 꽉 잡은 지우는 고개를 올려 정윤을 바라봤다. 어두운 와중에서도 지우의 두 눈이 정윤을 바라보고 있다는 사실 하나는 확실히 알 수 있었다. 지우가 고개를 저었다. 정윤은 왠지 그 암묵적인 지시에 압도당하는 느낌이 들었다.

터벅.

발소리가 들렸다. 누군가 걸어오고 있었다. 바깥에

서 비명 소리가 들려옴에도 발소리는 선명하게 들렸다. 이 정도로 선명하게 들릴 정도면 다가올 때의 발소리도 들었을 법한데, 정작 정윤은 그 발소리의 근원이 다가올 때의 소리는 일절 듣지 못했다. 정윤의 팔을 잡은 지우의 손에 힘이 더 들어갔다. 어떠한 상황인지는 몰라도 나가서 좋을 것은 없어 보였기에 정윤은 조심스레 몸을 청소도구함 안쪽으로 들였다. 조심스레 움직이느라 부스럭거리는 소리가 조금 나는 것이 전부였음에도 그 소리가 유독 크게 들렸다. 안쪽으로 몸을 들이자 그제야 지우가 잡고 있던 팔을 놔줬다. 정윤이 입을 꾹 다물었다.

바깥을 내다볼 수는 없었지만 어렴풋이 들리는 소리로 보아 발소리의 주인이 정윤과 지우가 있는 교실 안을 계속 맴돌고 있다는 사실을 알 수 있었다. 언제 나갈 수 있는 거지? 습한 공기 덕분에 숨이 턱턱 막히고 먼지 때문에 코끝이 간지러운데 쉽게 밖으로 나가려는 시도를 할 수는 없었다. 익숙하게 몸을 웅크린 지우에게 이게 무슨 상황인지, 밖에 돌아다니는 것은 무엇이며 왜 이렇게 숨어 있어야 하는 것인지 묻고 싶은 것이 많았지만 말을 꺼낼 분위기가 아니었기 때문에 조용히 입을 다물어야 했다. 그래, 일단 상황 얼추 정리되는 거 같으면 그때 물어야지. 정윤이 속으로 생각하며 손으로 입을 틀어막고 눈을 질끈 감았다.

습한 공기가 온몸을 적셨다. 가만히 있어도 땀이 줄줄 흘렀고 같은 자세를 계속 유지하다 보니 다리가 저리다 못해 감각이 없어지는 기분이었다. 눈을 감고 누군가 건드리지 않는 상태에서 나갈 수 있는 시간을 기다리다 보니 상황에 맞지 않게 조금씩 긴장이 풀리는 것 같기도 했다. 천천히, 천천히 잠이 쏟아지는 것 같기도 한데….

그때 누군가 정윤의 팔을 툭툭 건드리는 느낌이 들었다. 조는 것을 눈치챈 지우가 자지 말라고 건드린 것이었는데, 문제는 정윤이 무방비 상태에서 자신도 모르게 화들짝 놀라며 몸의 중심이 휘청하고 흔들렸다는 점이었다. 어라, 싶었을 때는 이미 몸이 청소도구함 문 쪽으로 기울어지고 있는 상태였다.

"으악!"

교실 바닥에 철퍼덕 넘어진 정윤이 저도 모르게 끙끙 앓는 소리를 냈다. 한동안 같은 자세를 유지하느라 저려오던 다리에 갑작스러운 자극이 오니 근육에 경련이 오는 것 같은 착각까지 들었다. 손으로 허벅지를 주무르면서 일단 상체를 일으킨 정윤은 주변을 둘러보았다. 분명히 잠깐 졸기 전까지 발소리가 들렸던 것 같은데 교실 안에는 아무도 없었다. 누군진 모르겠지만 교실 밖으로 빠져나간 건가 싶었지만, 그런 것치고 지우는 여전히 청소도구함 안에서 계속 나오지 않고 있었다. 이만 나와보라고 말하고 싶었지만 희미한 빛이 비치며 보이는 지우의 얼굴은 겁과 두려움의 감정이 그대로 묻어나고 있었다. 대체 왜 이렇게 겁을 먹은 거지 싶었지만 정윤의 입장에서는 제대로 이해할 수 없었다.

그때였다. 툭, 하는 소리와 함께 정윤의 얼굴에 무언가 떨어졌다. 정윤이 손으로 자기 뺨에 떨어진 것을 훑어봤다. 끈적한 액체였다. 물은 아니었고, 점액질로 추정되는 액체였다. 정윤은 왠지 천장을 보면 안 될 것 같은 느낌이 들었다. 그런데 호기심이 뭔지, 머리 위에 있는 무언가의 정체에 대한 궁금증이 스멀스멀 올라오기 시작했다. 그리고 정윤의 추측이 맞는다면, 머리 위에 있는 그것은 조금 전부터 교실 안쪽을 돌아다니던 그 발소리의 주인일 것이 확실했다. 아주 천천히, 정윤은 느릿하게 고개를 올려 천장을 바라봤다.

"아."

괜히 봤다. 정윤은 몇 초 지나지 않아 자신의 호기

심에 대해 후회했다. 지네처럼 몇 개인지도 모를 자그만 다리들을 온몸에 매달고 있는, 남자인지 여자인지도 모를 생명체는 정윤을 빤히 응시하고 있었다. 온몸에 검은 점이 빼곡하게 나 있는 생명체는 몸을 한 번비틀다가 다시 반대쪽으로 비틀고, 그리고 또다시 한번 더 몸을 비틀었다. 그러다 상체를 뒤로 꺾으면서 알수 없는 울음소리를 냈는데, 상체가 뒤로 꺾이자 검은점들 사이 몸의 한가운데가 쩍 하고 벌어졌다. 정윤은저곳이 입이라는 사실을 어렵지 않게 눈치챌 수 있었다. 그리고 어쩌면 저 입이 벌어진 이유가 자신 때문일수도 있다고 생각했다. 판단이 거기까지 미친 순간, 정윤은 그대로 몸을 오른쪽으로 날렸다. 정윤이 오른쪽으로 구르고 난 직후, 그 생명체 역시 그대로 정윤이있던 곳으로 몸을 날려 바닥으로 내려왔다. 아마 정윤이 피하지 않았으면 그대로 상체가 저 입안으로 들어갔을 터였다.

생명체가 다시 한번 단어로 형용할 수 없는 이상한울음소리를 냈다. 생명체의 온몸에 나 있던 검은 점들이 정윤이 있는 방향으로 움직였다. 그제야 정윤은 저검은 점들이 죄다 생명체의 눈이라는 사실을 깨달았다. 이제 뭐 어떻게 해야 하지? 저 괴물이 왜 나타났는지 생각하는 것보다 일단 이 상황을 어떻게 벗어나야 할지가 더 중요했다. 하지만 무엇을 어떻게 해야 할지 자체가 아예 떠오르지 않았다. 이대로 있다간 그대로 저 생명체에게 먹히는 것이 정윤의 최후가 될 것 같았다. 생명체의 시선에 압도당한 건지, 아니면 다리에 쥐가 난 것이 마저 풀리지 않은 것인지 쉽게 움직일 수가 없었다.

생명체가 마치 언제 먹이를 잡아먹을지 고민하는 것처럼 몸을 다시 좌우로 비틀었다. 그리고 그 순간, 정윤의 머릿속에는 지우가 떠올랐다. 그래도 지우라면 어떻게 행동해야 할지 알고 있지 않을까? 그때였다. 우당탕, 하는 요란한 소리가 몇 걸음 떨어진 교실 한편에서 들려왔다. 생명체의 눈들과 정윤의 시선이 자연스레 소리가 난 곳으로 향했다. 그곳에는 활짝 열린 청소도구함 문 앞에 무릎을 꿇고 엎어져 있는 지우가 있었다. 혼란스러운 머릿속으로 제대로 된 판단이 어렵긴 했지만, 아마 정윤이 위험에 빠져 있는 사이에 도망가려다 넘어진 것으로 보였다. 자신을 미끼 삼은 사이에 도망치려 한 지우의 행동에 정윤이 어떠한 감정을 느낄 새도 없이, 생명체의 관심은 자연스레 지우에게로 향했다.

"아, 아냐, 나 조용히 갈 수 있었는데, 아냐, 싫어!"

서서히 수많은 발을 움직여서 생명체가 다가가자 지우는 겁을 먹고 뒤로 물러나려 했다. 다만 얼마 지나지 않아서 교실 벽에 등이 닿아 도망은 사실상 무의미한 행동이었다. 이제 어떻게 해야 할지 제대로 머리가 굴러가지 않아 이도 저도 하지 못하던 찰나, 생명체 너머의 정윤을 향해 지우가 소리쳤다.

"나, 나 좀 도와줘! 빨리 도와달라고!"

도와달라고 해도 정윤이 할 수 있는 것은 없었다. 앞면과 뒷면이 죄다 눈으로 가득 차 있는 지네처럼 생긴 괴물에게 뭘 해야 하는지조차 알 수 없는데, 당연히 대응이 될 리가 없었다. 아마 지우도 그 사실을 알 것이라는 생각이 들었지만 당장 괴물 같은 생명체를 마주한 상황이니 눈에 보이는 사람에게 도움을 요청한 것이 아닌가 싶었다. 그래도 다리의 쥐가 어느 정도 풀린 것인지 저린 느낌이 많이 가셨다. 생명체가 조금 전 자신의 눈앞에서 했던 것처럼 상체를 뒤로 꺾는 그 순간, 정윤의 머릿속에 한 가지 생각이 스쳤다.

도망가자.

지금 아니면 도망갈 순간이 없고 정윤 역시 저 출처도 모를 괴생명체에게 잡아먹힐 확률이 매우 높았기에, 살기 위해선 지금 도망쳐야 한다는 확신이 들었다. 그러나 정윤이 도망치면 지우는 저항조차 못 해보고 그대로 생명체에게 먹힐 것이 분명했다. 아니, 정윤이 뭔가 하려 해도 지우가 먹히는 것이 더 빨라 보이는 상황이었다. 이제 선택을 해야 했다. 도망치는 것이 나은 것인가, 아니면 정윤 역시 생명체에게 먹히는 한이 있더라도 지우를 도울 것인가?

"야, 야! 도와달라고, 도와⋯."

지우가 다급하게 외치는 그 순간 생명체가 상체를 지우 쪽으로 확 숙였다. 순식간에 지우의 상체가 생명체의 입안으로 들어갔다. 생명체가 그대로 몸을 다시 젖히고 입을 다물면서 뼈와 살이 부서지고 찢기는 소리가 들렸다. 정윤은 비틀거리는 몸에 억지로 힘을 주며 그대로 교실 밖으로 달려 나갔다.

〔 **2** 〕

생명체의 존재에 대해 깊게 생각할 겨를도 없이 정
윤은 일단 앞을 향해 달렸다. 복도를 지나 아래층으로
내려가는 계단 방향으로 일단 달렸는데, 갑자기 무언
가 계단을 타고 위로 올라오고 있는 것이 어렴풋이 보
여 급히 걸음을 멈췄다. 손으로 입을 틀어막고 벽에
등을 바짝 댄 채 고개만 살짝 내밀어 확인해보니, 조
금 전의 그 생명체처럼 기이하게 생긴 또 다른 생명체
가 계단을 올라가고 있었다. 소의 몸통에 남성의 머리
가 달려 있었는데 눈이 있어야 할 곳에는 뿔이 솟아나
순록처럼 하늘을 향해 뻗은 기괴한 형태였다. 느릿느
릿, 계단을 타고 올라가던 소도 인간도 아닌 생명체가

정윤이 있는 방향으로 고개를 돌렸다. 정윤은 급히 고개를 돌렸다. 잠시 침묵이 흐르고, 다행히 정윤을 발견하지 못한 것인지 생명체의 발굽 소리가 점차 위로 올라가는 것이 들렸다. 안도하는 것도 잠시, 이 학교 안에 저런 생명체들이 한두 마리가 아닐 수 있다는 확신이 들자 정윤은 머릿속이 하얘지는 기분에 그대로 굳어버렸다.

정윤은 우선 자기 몸을 최대한 숨겨보기로 했다. 주변을 둘러보면서 숨을 만한 곳을 찾아볼까 생각도 했지만 학교 안에 그런 생명체들이 얼마나 있는지도 모르는 상황에서 돌아다니는 것은 자살 행위에 가깝다는 생각이 들었다. 그렇다고 해서 가만히 있기엔 복도로 생명체들이 언제 모습을 드러낼지 모를 일이었다. 당장 지우를 잡아먹은 생명체가 자신과 얼마 떨어지지 않은 교실에 있었다.

아, 여기서 이렇게 있다가 나도 그렇게 잡아먹히면 어쩌지? 아주 잠시 잊고 있었던 사실을 떠올린 정윤은 우선 급히 옆에 있던 교실 문을 조심히 열고 그 안으로 들어갔다. 혹시라도 큰 소리가 날까 봐 살짝 문을 닫은 정윤은 주변을 둘러보다가 무작정 교탁 아래로 몸을 숨겼다. 청소도구함보다 더 좁은 교탁 아래였

지만 지금으로선 숨을 곳을 찾으려 느긋하게 돌아다
닐 시간도, 정신도 없었다.

몸을 최대한 웅크린 채 좁은 공간에 있으니 아까보
다 더 습하고 몸에 열이 오르는 느낌이 들었다. 옷이
땀으로 축축해졌다. 혹시라도 은연중에 소리를 내서
생명체들이 이 교실로 들어올까, 정윤은 아예 고개를
숙여 얼굴을 파묻었다. 왜 지우가 그렇게 소리 내는 문
제에 예민했는지 알 것 같았다. 바깥에서 사람의 것이
아닌 발소리와 울음소리가 들리자 정윤은 더욱 입술
을 앙다물었다.

얼마나 시간이 지났을까, 복도 쪽에서 나던 소리들
도 점차 흩어지고 고요가 찾아오기 시작하니 정윤의
머릿속에 하나둘 잡념이 떠올랐다. 가장 먼저 든 생각
은 '지금 당장 차마 나갈 용기는 없으니 일단은 숨죽
이고 있는데, 언제까지 이렇게 있어야 하지?'였다. 현실
적으로 이곳에서 계속 이렇게 웅크리고 있을 수는 없
는 일이었다. 그렇다고 해서 무작정 나갔다가 지우를
잡아먹은 것과 같은 생명체를 마주한다면 어떻게 대
처해볼 방법이 없었다. 정윤은 대단한 용기나 능력, 판
단력을 지닌 만화나 드라마 속 주인공이 아니었다.

땀은 땀대로 흐르는데 습한 공기가 숨통을 막는 것

처럼 밀려오고, 좁은 공간에 웅크려 있느라 몸에 열까지 오르니 조금씩 머리가 어지러웠다. 어느새 밖에서는 희미하게 들리던 비명 소리도, 생명체의 소리도 들리지 않았다. 나가도 될 것 같다는 생각이 들었지만 이렇게 소리가 들리지 않는 것이 정말로 안 들리는 것인지, 현기증을 느끼느라 착각하는 것인지 구분되지 않았다. 나가야 되나? 아니면 조금 더 이곳에 있어야 하나? 아니면….

뎅, 하는 종소리에 정윤이 화들짝 놀라 눈을 떴다. 언제 정신을 잃었던 것인지 기억도 나지 않았다. 가쁘게 숨을 몰아 내쉬던 정윤이 손을 들어 이마를 살짝 닦아냈다. 조금 훑은 것뿐임에도 땀이 흥건하게 묻어났다. 여섯 번의 종소리가 울린 뒤 학교 안에는 다시 고요가 찾아왔다. 어떠한 소리도 나지 않기에 정윤은 지금은 나가도 되지 않을까, 라는 생각을 했다.

정윤은 조심스레 몸을 교탁 밖으로 내밀었다. 꽤 오랜 시간 굽히고 있었던 두 다리가 저리다 못해 감각이 없어서 몸을 일으키려던 순간 결국 휘청이며 바닥에 엎어지고야 말았다. 엎어지면서 꽤 큰 소리가 난 덕에 바깥에서 자신의 소리를 들을까 봐 순간 당황하며 굳어버렸지만, 몇 초가 지나도 다가오는 소리는 들리지 않았다. 일단 교탁 밖으로 나온 정윤은 우선 감각이 없는 두 다리를 펴고 손으로 허벅지와 종아리를 주무르면서 저림을 푸는 게 낫겠다고 생각했다.

저린 다리를 부여잡고 바닥에 얼마나 주저앉아 있었을까, 어느 정도 다리를 움직일 수 있게 되었다는 판단이 들자 정윤은 조심스레 몸을 일으켰다. 발소리가 너무 크게 나지 않도록 주의하며 천천히, 한 걸음씩 걸어가 교실 앞문을 열자 눈에 들어온 것은 여전히 아주 옅은 빛이 섞인 어둠이 내려앉아 있는 복도였다. 쪼그려서 몸을 숨기고 있던 시간이 적지 않았던 거 같은데 여전히 어두컴컴한 밤이 펼쳐져 있자 정윤은 자신도 모르게 마음 한구석이 내려앉는 기분을 느꼈다.

어쩌면 은연중에 이 모든 것이 꿈일지도 모른다는 기대를 가졌던 것도 같았다. 조심스레 복도로 걸음을 옮겼지만 아까 보았던 기이한 생명체들은 보이지 않았다. 생명체들이 전부 다른 곳에 가 있어서 운 좋게 아직 마주치지 않은 것은 아닌가 싶은 생각도 들었다. 혹시나 하는 마음에 일단 지우가 먹혔던 그 교실로 다시 돌아가보기로 했다. 하지만 복도 바닥에 찍힌 조그맣고 무수히 많은 갈빛과 붉은색이 뒤섞인 발자국들을 무심코 본 순간 자신도 모르게 다리에 힘이 풀려 주저앉을 뻔했다. 지우를 집어삼켰던 그 생명체의 발자국이 확실했다.

다시 교실 안으로 들어가 몸을 숨길까 생각도 해봤지만 어지러워서 머리가 제대로 돌아가지 않는 와중에도 좋은 방법이 아니라는 판단이 들었다. 언제까지나 숨어 있을 수는 없는 노릇이니 뭐든 해봐야 하는 것이 사실이었다. 그리고 자세히 보니 발자국은 복도 바깥으로 나가는 방향으로만 찍혀 있을 뿐 다시 돌아오는 발자국은 없었다. 적어도 그 생명체가 이곳으로 돌아온 것 같지는 않아서 정윤은 일단 지우가 먹힌 그 교실로 돌아가보기로 했다. 한 발씩 내딛는 걸음이 무거웠다.

지우가 먹혔던 교실 앞에 도착했음에도 문을 열 용기가 나지 않아서 정윤은 몇 번이고 손을 교실 앞문에 가져다 댔다가 떼기를 반복했다. 이래봐야 시간만 흘러갈 뿐임을 뻔히 아는데도 쉽게 엄두가 나지 않았다. 머릿속에서 '아직도 그 이상한 생명체가 교실 안에 있으면 어쩌지? 나도 잡아먹으려 하면 어쩌지?' 같은 잡념이 계속 맴돌았다. 결국 발걸음을 옮겨서 교실 앞에 도달한 것이 무색하게 정윤은 아주 조심스럽게, 교실 앞문 손잡이를 잡고 천천히, 조금씩 문을 열어보았다.

조금 문을 열고 들여다본 교실 안에는 아무것도 없었다. 옅은 비린내가 나긴 했으나 그것이 전부였다. 혹시 천장에 그 생명체가 붙어 있지는 않을까 하는 걱정에 천장도 올려다봤지만 역시 아무것도 없었다. 그제야 정윤은 안심하고서 교실 안으로 들어갔다.

정윤의 눈에 먼저 들어온 것은 흐트러진 책걸상 사이로 흩뿌려져 있는 피였다. 도대체 자신이 나간 뒤에 무슨 일이 벌어졌던 건지, 피는 교실 뒤편의 바닥, 의자, 벽, 사물함까지 사방에 묻어 있었다. 머리가 어지러워서 그런 건지, 피곤에 절은 몸이 피 냄새에 민감하게 반응한 건지 구역질이 올라올 것 같았다. 우욱, 하고 배 속에서 목을 타고 넘어오려는 걸 손으로 입을 막아 간신히 참아낸 정윤은 더 이상 교실 안에 있는 것은 무리라는 판단이 들어 일단 다시 복도로 나갔다.

속이 울렁거릴 때는 찬 공기를 마시면 조금 나아진다는데, 바깥으로 나와도 여전히 습하고 더운 공기밖에 없으니 속이 나아질 리 없었다. 간신히 입을 틀어막으며 복도 바닥에 게워내는 것을 참아낸 정윤은 숨을 한 번 크게 들이마신 뒤 복도 창문 바깥으로 시선을 돌렸다. 여전히 어두운 하늘과 미약하게 들어오는 빛이 전부였다. 창문 밖을 봐야 아무것도 얻을 것이 없다고 판단이 든 정윤은 시선을 돌렸다. 이제 선택을 해야 했다. 다시 교실로 돌아가서 언제 나올지 모르는 생명체들을 피해 몸을 숨기거나, 학교처럼 생긴 이상한 곳을 돌아다니면서 어떠한 단서라도 찾아보거나. 설마 영영 이곳에 갇혀야 하는 것은 아닌가 싶어 살짝 불안한 마음도 들었지만 지금은 굳이 그런 생각까지는 하지 않기로 했다.

지끈거리는 머리를 부여잡고 고민하던 정윤은 결국 아래층으로 내려가는 계단을 향해 걸음을 옮겼다. 몸 상태가 영 좋지 않아서 생명체들과 마주치는 순간 제대로 도망칠 수 있을지도 의문이고 최악의 경우에는 잡아먹힐 것 같다는 판단은 들었지만 그렇다고 다른 방법이 있는 것은 아니었다. 덥고 습해서 울렁거리고 어지러운 몸에 하나도 도움이 되지 않는 공기를 크게 들이마셨다가 내쉰 정윤은 사실상 유일한 선택지인 1층으로 내려가보는 길을 선택했다.

교무실과 도서실이 있는 1층 복도에는 별다른 특이사항이 없었다. 생명체들은 보이지 않았고, 그렇다고 해서 정윤 외의 다른 사람들이 있는 것도 아니었다. 정윤은 이 학교처럼 생긴 이상한 곳이 설마 자신과 지우 외에 다른 사람들 하나 없는 공간인가 싶어 주위를 둘러봤지만 어쨌든 별다른 인기척은 없었다. 조용한 복도를 천천히 걸으며 중앙현관 앞까지 도착한 정윤은 무언가 이곳에 대한 단서가 될 만한 게 있지 않을까 하는 기대를 하며 이곳저곳을 살펴보았다. 그리고 그 순간, 정윤의 눈에 들어온 건 중앙현관 한가운데에 놓인 커다란 괘종시계였다. 원래 학교에도 중앙현관에 괘종시계가 있긴 했지만, 이 괘종시계는 본래 학교에 있던 것과 차이가 있었다.

시계의 시침과 분침이 일반 시계보다 빠르게 돌아가고 있었다. 보통의 시계가 1초를 가리킬 동안 자신 눈앞의 시계는 30초 정도를 가리킨다고 해도 될 정도의 속도였다. 뭐지 싶어서 시계 주변을 둘러봤지만 누군가 조작하거나 강제로 열린 흔적은 볼 수 없었다. 시계는 10시 10분 정도를 가리키고 있었는데, 한 2초쯤 지난 것 같음에도 벌써 1분이 흘러가고 있었다. 이곳이 현실이 아닌 것이야 진작 눈치챘지만 이 정도로 기이한 곳일 줄은 상상도 하지 못했다. 아주 잠시 멍하니 있던 상황 속에서도 벌써 5분가량이 흘러간 후라 정윤은 정말로 이 상황에서 어떻게 해야 할지 막막함이 먼저 앞섰다.

정윤이 문득 뒤를 돌아봤다. 등 뒤에는 낮인지 밤

인지 알 수 없는 어두운 풍경만이 보였다. 바람 한 점 불지 않은 채 무언가 거대한 짐승의 입 속을 보는 기분이 들어서 자신도 모르게 소름이 돋았다. 정윤은 우선 숨을 크게 들이마신 뒤 내쉬고 중앙현관으로 다가가 문을 밀어보았다.

"어?"

문은 굳게 닫혀 열리지 않았다. 유리문을 안쪽으로 밀어봐도, 다시 바깥쪽으로 힘을 줘서 당겨봐도 마찬가지였다. 간혹 야자 시간에 중앙현관을 통해 도망가는 학생들을 막겠다는 이유로 잠가두는 경우가 있긴 했지만 평소에는 항상 문을 열어두는 것을 잘 알고 있었다. 정윤이 문을 밖으로 밀고 안으로 잡아당기기를 반복해도 중앙현관 유리문은 꿈쩍도 하지 않았다. 정말로 문이 밀리고 당겨지는 상황에서 조금씩 덜컹거리는 흔들림이 발생할 법도 한데, 무슨 벽처럼 꿈쩍도 하지 않았다.

계속해서 문을 밀고 당겨보기를 시도하던 정윤은 결국 자신이 어떻게 해볼 수 있는 일이 아님을 인정하고 나서야 문손잡이를 놓을 수 있었다. 그래도 문이니까 무슨 수를 쓴다면 열릴 것도 같으니 문을 열 수 있을 법한 도구를 찾아야 했다. 그러기 위해서는 일단 주변을 둘러보는 것이 가장 현명한 방법이긴 했는데, 어딜 먼저 둘러보는 것이 가장 좋을지 감이 오지 않았다.

그래도 이왕이면 문을 여는 데 도움이 될 도구가 있는 동시에 이곳에 대한 정보를 최대한 얻을 수 있는 곳이 가장 좋을 텐데, 그곳이 어딜지 영 알 수 없었다. 문득 지우가 먹혀버리지 않았다면 조금이라도 도움을 받을 수 있을 수 있지 않았을까, 라는 생각이 들었지만 이미 상황이 벌어진 후라 아쉬움을 품는다고 해도 별 소용이 없었다.

정윤은 잠시 눈을 감고 숨을 들이마시고 내쉬길 반복하며 머릿속의 복잡하고 혼란스러운 생각들을 정리했다. 찬 공기를 마시면 그래도 조금 나을 거 같은데, 숨을 몇 번이고 쉬어도 습한 공기만 호흡기 안으로 밀려 들어왔다. 잠시 호흡을 고른 끝에 정윤은 결국 자신이 내려와 있는 1층을 자세히 둘러보기로 했다. 돌아다니다가 조금 전의 그 생명체들을 만나면 어쩌나 싶은 생각도 잠시 들었지만, 문득 자신이 1층에 머물러 있는 상황임에도 아직 생명체를 만나지 않은 것이 떠오르자 어쩌면 괜찮을지도 모른다는 확신이 들었다. 이는 사실상 근거 없는 자신감이었지만 정윤이 그 상황에서 의지할 수 있는 것뿐이었다.

1층에는 별다른 공간이 없었다. 교무실과 도서실, 그리고 지하로 내려가는 계단 정도가 있었는데 정윤은 우선 교무실에 먼저 들어가보기로 했다. 교무실에 먼저 들어가보는 것에 큰 의의가 있다기보단, 그저 어디를 먼저 가야 할지 고민하다가 마침 교무실이 눈에 들어온 것뿐이었다.

교무실 내부 구조는 정윤이 기억하던 그대로였다. 책상들 사이에 파티션이 놓였고 책상마다 업무용 컴퓨터들이 놓여 있었다. 다만 한 가지 특이한 점은 보통 학교 일정 등이 붙어 있는 게시판에는 어떠한 내용도 적히지 않은 빈 종이들만이 압정에 꽂혀 걸려 있었고 선생님들의 흔적은 일체 찾을 수 없었다. 만약 모르는 사람이 와서 이곳을 둘러봤다면 드라마 세트장 정도로 생각하고 넘어갔어도 이상할 것이 없을 정도였다.

정윤은 혹시나 하는 마음에 자신이 열고 들어온 문 바로 근처의 책상에 놓인 컴퓨터의 전원 버튼을 눌러보았다. 아무리 세게 전원 버튼을 눌러도 컴퓨터의 전원은 켜지지 않았다. 심지어 컴퓨터의 플러그가 콘센트에 연결되어 있는 상태였음에도 그러했다. 정윤은 이번에는 교무실 구석에 있는 조그만 싱크대로 향해 수도꼭지를 올려 보았다. 설마 했지만 역시나 수도에서는 물이 한 방울도 나오지 않았다. 정윤은 자신도 모르게 한숨이 터져 나오는 것을 참지 못했다.

교무실은 더 둘러본다고 해도 별다른 얻을 것이 없다고 판단되어 정윤은 교무실 안에 있던 사무용 의자 하나를 끌고 나왔다. 꽤 무거운 의자이니 일단 던져보면 어떻게든 답이 나오지 않을까 싶었다. 중앙현관으로 의자를 끌고 온 정윤은 의자를 집어 들었다. 의자를 들 때 자신도 모르게 살짝 비틀거렸는데, 이게 무게 때문인지 다리가 저린 것이 덜 풀려서인지는 알 수 없었다. 의자를 몸보다 조금 더 위로 든 정윤은 있는 힘 껏 의자를 유리문을 향해 던졌다.

그리고 의자가 그대로 날아가 유리문에 부딪힌 순간, 의자의 다리 부분과 목 받침대 부분은 그대로 분리되어 부서졌다. 사무용 의자는 꽤 둔탁한 소리를 내며 그대로 분해되어 부서져 바닥으로 떨어졌다. 정윤은 자신이 본 광경을 믿을 수가 없었다. 분명히 유리문에 던졌는데 유리문이 부서지기는커녕 벽에 던진 것처럼 오히려 의자가 부서질 것이라는 상상은 하지도 못했다.

잠시 멍하니 부서진 의자만 바라보던 정윤은 간신

히 정신을 차렸다. 어쨌든 확실한 것은 지금 이 상황에서 자신은 중앙현관을 통해 학교 밖으로 나갈 수 없다는 점이었다. 학교 내에 다른 통로가 있을 수도 있지만 어쨌든 현재까지 얻은 결론은 그러했다. 그리고 정윤은, 자신이 의자를 던지면서 났던 요란한 소리 때문에 그 생명체들이 자신이 있는 중앙현관으로 모일 수도 있다는 생각이 들었다. 만약 자신의 가설이 맞는다면 더 이상 중앙현관에 머무르는 것은 무리였다.

혼란스러웠던 머릿속이 마저 정리될 새도 없이 정윤은 이번에는 도서실로 향했다. 과연 이 상황에 관해 설명해줄 수 있는 책들이 있을지는 알 수 없었다. 하지만 혹시라도 발생할 수 있는 생명체와의 만남에 대해 미리 몸을 숨길 겸 무언가 도움이 될 물건이 있었으면 하는 바람이 있었다. 교무실과 반대 방향, 1층 복도의 끄트머리에 위치한 도서실에 도달한 정윤은 잠깐 숨을 고른 뒤 문손잡이를 돌리려 했다.

그때 다시 시끄러운 종소리가 들렸다. 종소리의 근원이 가까워져서 그런지 더욱 크게 들렸고, 귀를 찢어버릴 것 같은 통증에 정윤은 급히 문손잡이에서 손을 떼고 귀를 틀어막았다. 눈을 질끈 감고 귀를 틀어막은 그 순간, 정윤은 이렇게 종이 울리면 다시 아까 봤던 그 생명체들이 등장할지도 모른다는 생각에 자신도 모르게 숨을 들이마셨다. 어떻게 해야 하지? 아까 지우가 했던 것처럼 청소도구함 안에 숨어야 하나? 두대체 뭘 어떻게 해야 할지 망설이던 정윤은 결국 종소리가 막 끝날 무렵, 일단은 원래 있었던 3층으로 돌아가기로 했다.

습한 공기를 마시며 계단을 오르던 정윤은 문득 등 뒤에서 무슨 소리가 들리는 것 같았다. 멈춰서서 볼 용기는 없었지만 어쨌든 무언가의 소리가 들려오는데, 그것이 절대로 사람의 것이 아니라는 생각이 들었다. 보지 않았지만 본능적인 직감으로 확신할 수 있었다. 역시 종이 울리면 생명체가 나오는 것이 맞는구나 싶었다. 그렇다면 이제 어디로 가야 하는 것인지, 자신은 이대로 올라가는 게 맞는 것인지 점차 확신이 없어졌다. 이대로 올라갔다가 생명체들을 마주하기라도 한다면, 그렇다면….

정윤이 점차 혼란스러워지는 마음을 가지고 3층 복도에 발을 내디딘 그 순간이었다. 순식간에 정윤의 몸이 무언가에 잡혀서 그대로 교실 안쪽으로 잡아 당겨졌다. 뭔가 대처를 해볼 새도 없이 당겨진 몸은 곧 교실 바닥으로 내동댕이쳐졌다. 정윤이 자신도 모르게 악, 하는 짧은 비명을 내질렀다.

"조용히 해요!"

급히 교실 문을 닫고 정윤의 입을 틀어막는 목소리가 익숙했다. 정윤이 시선을 돌려 목소리의 근원을 확인했을 때, 자기 입을 틀어막은 사람의 얼굴이 아까 생명체에게 잡아먹혔던 지우라는 사실을 어렵지 않게 기억할 수 있었다. 하지만 분명히 지우는 잡아 먹혔는데, 자신이 도망가기 직전까지 봤던 광경이 사실은 거짓이었나 싶었다. 그렇다고 하기엔 정윤의 기억은 너무나도 생생하게 남아 있었다.

"너…."

"일단 조용히 하라니까요? 이따 다 설명해줄게요."

지우가 최대한 숨을 죽인 목소리로 정윤을 진정시킨 뒤, 정윤의 입을 손으로 틀어막은 채로 고개를 돌려 문 쪽을 살폈다.

"아직 안 올라온 거 같은데…. 저기, 일어나요. 아직 안 올라온 사이에 바로 이동해야 할 거 같으니까."

"…어디로요?"

"보건실이요. 아이 씨, 지금 이럴 때가 아니긴 한데…. 일단 설명은 나중에 하고, 빨리 일어나요!"

지우는 긴 부연 설명 대신 정윤을 냅다 일으켜서

급히 교실 밖으로 달려 나갔다. 정윤은 자신이 왜 급박하게 움직이는지도 모르는 채로 지우의 손에 이끌려서 3층 복도 끝의 보건실로 빨리 걸음을 옮겼다.

다행히 복도를 이동하는 그 짧은 시간 동안 생명체와 마주치는 일은 일어나지 않았다. 지우가 정윤을 보건실 안으로 밀어 넣고 보건실 문을 닫은 뒤 잠근 그 순간, 마치 타이밍을 재기라도 한 것처럼 문 너머로 사람도, 그렇다고 동물의 울음소리도 아닌 이상한 울음소리와 벌레의 날갯짓 같은 얇은 막이 비벼지는 소리가 났다. 지우가 정윤을 잡아당겨 앉도록 제촉했다. 아직 무슨 상황인지도 정확하게 파악하지 못한 정윤이 얼떨결에 지우가 시키는 대로 문 옆 벽에 기대어 앉자, 이번에는 정우가 검지를 입에 가져다 대면서 조용히 하라는 행동을 취했다. 상황 파악이 마저 되지는 않았지만 확실히 떠들어서 좋을 것은 없어 보였기에 정윤은 손바닥을 입에 가져다 대었다.

생김새가 짐작 가지도 않는 생명체는 계속해서 보건실 너머의 복도를 서성이는 것인지, 울음소리가 희미해질 기미를 보이지 않았다. 언제까지 기다려야 하는 것인지, 계속해서 긴장한 채로 기다리고 있다 보니 저절로 피곤이 몰려왔다. 그때 지우가 정윤의 옆구리를 아프지 않게 쿡 찌르고선 작은 목소리로 말했다.

"이번엔, 자지 마요."

괜히 찔리는 마음이 들어서 정윤은 고개를 끄덕이기만 했다. 울음소리가 사라지길 몇 분이나 더 기다렸을까, 어느새 벽 바로 너머에서 들려오던 소리는 조금씩 멀어지는 듯 희미해져갔다. 드디어 가는구나, 싶어서 조금은 긴장이 풀렸지만 완전히 안도할 수는 없었다. 생명체가 하나가 아님을 이미 확인한 만큼 또 다른 생명체가 복도로 들어설 수 있기 때문이었다. 바짝 긴장한 채 벽에 기대어 쪼그리고 앉아 있는 정윤을 보던 지우가 다시 조그만 목소리를 내며 입을 열었다.

"바깥에 울음소리 안 나면, 이렇게 작은 소리로 얘기하는 거 정도는 괜찮아요. 어차피 그놈들은 가까워지면 발소리든 울음소리든 소리가 나니까, 그 소리가 들릴 때 입을 다물면 돼요."

괜찮은 생존 정보였다. 정윤이 바보 같은 얼굴로 고개를 끄덕이자 지우가 오른손을 내밀었다.

"소개가 늦었어요. 저는 김지우라고 해요."

"저는, 임정윤이라고 합니다."

정윤이 왼손을 내밀어서 지우의 악수를 받았다.

"어떻게 여기에 오게 된 건지는 아까 대충 듣긴 했

는데, 어쨌든 이곳에 왔으면 결국 한배를 탄 거니까 같이 잘 살아볼 방법을 찾아봐요. 이곳은 아까처럼 그렇게 혼자 도망가려 하면 절대 살아남을 수 없어요. 이곳에 막 떨어졌다고 했으니까 놀라서 그럴 수 있다고 생각하지만, 그래도 앞으로는 혼자서 어디로든 도망가지 말고 나랑 같이 움직여요."

먼저 홀로 도망가려 한 것은 그쪽 아니었나? 정윤의 머릿속에 잠시 생각이 스쳐 지나갔지만 굳이 꼬투리를 잡지는 않았다. 정윤은 이 학교를 닮은 이상한 공간 속에서 탈출 방법이나 생존 방법을 얻어야 했고, 그를 위해서는 지우의 도움이 필요해 보였다. 적어도 지우는 정윤보다 이 이상한 공간에 대한 정보를 훨씬 더 많이 알고 있는 것처럼 보였다.

"그래도 보건실이 학교 내에 문 잠금장치가 있는 몇 안 되는 장소 중 하나라, 타이밍 잘 맞춰서 들어가고 문 잠그고 조용히만 있으면 어떻게든 버텨보기 좋은 장소예요. 여기 말고도 음악실이나 교무실도 괜찮긴 한데….

"저기, 말씀 중에 죄송한데…, 혹시 학교 밖으로 나갈 방법이 없을까요? 제가 아까 1층 가서 문 열어보려 했을 땐 아예 열리지도 않아서…."

말이 가로막혔다는 사실이 영 좋지 않았는지 지우가 살짝 인상을 썼지만, 그래도 곧 표정을 풀고서 입을 열었다.

"여긴 나갈 방법이 없어요. 아예 이 공간을 벗어날 방법은 없다고 봐도 돼요. 이미 잠겨 있는 문들 봤잖아요."

"하지만, 아무리 그래도 여기서 영영 갇혀 있을 수는 없잖아요. 어딘가 문을 열 수 있는, 아니면 밖으로 나갈 방법이 있지 않을까요? 그리고 문이 열리지 않는다면 저 바깥의…."

"쉿, 목소리 너무 커요!"

지우의 경고에 정윤이 급히 입을 다물었다. 얼마간의 침묵이 흐르고, 지우가 다시 입을 열었다.

"여기서 나가는 방법은 없어도, 이곳에서 어떻게 생활하고 살아남을 수 있는지는 알려줄 수 있으니까 나만 잘 믿고 따라와요. 내 말만 들으면 여기서 충분히 살아남을 수 있어요."

"정말로 빠져나갈 길이 없…."

"없어요."

단호한 지우의 대답에 정윤은 살짝 절망적인 기분까지 들 정도였다. 이곳에서 시간을 보낸 지 얼마 지나지 않았는데 앞으로 더 얼마나 이곳에서 시간을 보내야 하는지 모른다는 점은 생각보다 꽤 암담하게 다가왔다. 막막한 상황 속에서, 결국 정윤이 선택할 수 있는 길은 지우를 믿어보는 것이었다. 적어도 자신에게 적의를 품은 것 같지는 않으니, 최대한의 생존 정보를 모아 도움을 받아보는 것이 현재로서는 최선인 듯 보였다.

"일단 지금은 저 바깥에 괴물들 왔다 갔다 해서 대화가 조금 어려우니까…. 이따 종 울리면 궁금했던 것들 물어봐요."

정윤이 고개를 끄덕였다. 그리고 이 시간이 빨리 지나가기를 기대하면서 눈을 감았다. 눈을 감고 언제쯤 이 시간이 끝날지 기다리면서, 정윤은 내심 자신이 꿈을 꾸고 있는 것이기를 기도했다. 눈을 뜨면 자신은 빈 교실에 있고 친구들이 "왜 이렇게 안 오냐."면서 자신을 찾아와 타박하는 현실이 눈 앞에 펼쳐지기를 바랐다. 그러나 아무리 눈을 감았다 떠도 보건실에서 쭈그려 앉은 채 습한 공기 때문에 땀을 뻘뻘 흘리는 자신만 보여서, 정윤은 속에서 느껴지는 불안과 절망을 겉으로 티 내지 않으려 꽤 큰 노력을 해야 했다.

얼마나 기다렸는지 알 수 없었지만 그토록 기다리던 종소리가 들렸을 때, 정윤은 그제야 안도의 한숨을 내쉴 수 있었다. 그러나 지우는 아직 안심할 때가 아니라는 듯 정윤을 바라보며 다시 한번 검지를 입가에 가져다 댔다. 곧 아까 들었던 울음소리가 다시 복도에 울려 퍼졌다. 그러나 이번에는 복도에 맴돌 생각이 없었던 것인지 금세 소리가 멀어졌다. 지우가 그제야 자리에서 일어났다. 정윤이 급히 지우를 부르며 붙잡았다.

"저기, 저기요! 저 궁금한 게 많아서…, 여기서 나갈 수 없으면 어떻게 생활하는 건가요? 급식실도 본관 밖으로 나가야 되고 샤워실도 외부에 있는데. 아니, 샤워실에 물이 나오긴 하나요? 그리고 그, 어떻게 살아 돌아오신 거예요?"

바보 같은 질문들의 연속인 것 같았지만 물을 것은 많고 생각은 정리되지 않는 통에 입 밖으로 나오는 말들이 하나같이 정돈되지 않은 질문들뿐이었다. 지우가 자리에 멈춰서서 정윤을 바라봤다.

"내가 하나부터 열까지 다 알려줄게요. 그러니까 너무 당황하지 말고, 내가 하라는 대로만 해요. 아까 그 괴물들 봤죠? 그놈들에게서 살아남기 위해서는 결국 내 말을 따르는 게 중요해요."

틀린 말은 아니었기에 정윤은 홀린 듯이 고개를 끄덕였다. 지우가 따라 나오라는 듯이 손짓했다.

보건실 바깥으로 나온 둘은 계단을 걸어 내려갔다. 정윤은 묻고 싶은 사항이 한가득이었지만 어디서부터 질문을 해야 할지 도저히 정리가 되지 않았다. 대체 어떻게 지우는 그 생명체에게 잡아먹혔음에도 다시 살아난 것인지, 바깥으로 나갈 수 없는 이 공간 안에서 의식주 해결이 가능은 한 것인지, 계속 짧은 시간 간격을 두고 생명체들이 나온다면 대체 잠을 자거나 쉴 수 있기는 한 것인지, 모든 것이 궁금했다. 무엇보다도 그 생명체들은 어디서 나와서 왜 돌아다니는 것인지가 궁금했다. 묻고 싶은 것은 많은데 도저히 뭐부터 물어야 할지 정리되지 않았다.

지우가 걸음을 멈춘 곳은 2층이었다.

"잠깐 여기서 기다려봐요."

한마디 말을 끝으로 복도를 걸어 어느 교실 안으로 들어선 지우는 잠시 뒤 무언가를 손에 든 채 다시 모습을 드러냈다. 복도 끝에서 기다리던 정윤의 앞으로 걸어 온 지우는 손에 들고 있던 부채 하나를 건넸다. 촌스러운 꽃무늬 그림이 그려져 있는 싸구려 접이식 부채였다.

"여기가 습해서 별 소용은 없겠지만, 이거 써요. 조금은 나을 거예요."

"아⋯. 감사합니다."

정윤이 부채를 받아서 들고 펼쳐서 손목을 움직였다. 역시나 지우의 말대로 별다른 시원함은 느껴지지 않았지만 그래도 숨이 턱턱 막히는 와중에 조금이라도 숨통이 트이는 느낌이 들었다. 지우는 부채질을 하고 있는 정윤을 잠시 바라보다가 입을 열었다.

"궁금한 거 많을 텐데, 확실하게 얘기해줄 수 있는 건 날 믿고 내가 시키는 대로 해야 안전하다는 거예요. 어제 그 기이하게 생긴 괴물 봤죠? 여기는 종이 울리면 다시 종이 울릴 때까지 그런 괴물들이 오가는 곳이에요. 궁금한 건 많겠지만 일단 그런 건 나중에 물어보고, 무조건 내 말만 따라요. 알겠죠?"

정윤은 홀린 것처럼 고개를 끄덕였다. 이곳에서 자신보다 오래 있었을 지우가 말하는 것이 그래도 자신이 일일이 돌아다니면서 확인하는 것보다는 조금 더나을 수도 있겠다는 생각이 들었다. 다만 정윤의 입장에서는 크게 아는 정보도 없고 뭔가 확인된 것도 없는데 무작정 궁금한 것도 제대로 해결되지 않은 상황에서 지우의 말만 들어야 한다는 점은 내심 아쉽다는 생각이 들었다.

"이따 종 울리면 무조건 안에 들어가서 버텨요. 조

금 전 그 보건실로 다시 가도 좋고, 처음 봤을 때처럼 청소도구함이나, 하여튼 몸 숨겨서 그 괴물들이 눈치 채지 못할 만한 곳이면 어디든지 괜찮아요. 그 괴물들, 돌아다니고 사람 발견하면 다가가서 일단 자기 입안으로 집어넣는 건 잘하지만 그 이상의 행동은 못 하는 지능이에요. 그러니까 어디 돌아다닐 생각하지 말고 여기서 좀 쉬다가 종 울리면 몸 숨기고, 그거만 반복하면 되는 거예요."

"그런데…."

정윤의 말에 지우가 살짝 눈가를 찡그렸다.

"그렇게 몸 숨기는 것도 좋지만, 돌아다녀보는 것도 괜찮다고 생각하거든요."

"저기요!"

"솔직히 그렇잖아요. 물론 그 이상한 생명체가 뭘 하는지도 다 보긴 했는데, 사실 저는 아직 이 주변 제대로 돌아본 적도 없어서 여기에 대해 정확히 아는 정보가 없어요. 그리고 혹시 모르잖아요, 돌아다니다보면 그 생명체들 무찌르는, 아니면 무력화시키는 정보 같은 거라도 얻을 수 있을지도? 게임이나 영화 같은 거 보면 원래 아무것도 없어 보이는 곳에 가서 돌아다니다가 사소한 거라도 도움 되는 걸 발견하고 그러잖아요."

정윤의 말에 지우가 손으로 관자놀이를 꾹 누르며
한숨을 내쉬었다. 정윤은 자신이 현재 상황에서 너무
낙관적인 발언을 한 것이었나 싶었지만, 자신이 한 말
을 다시 떠올려봐도 그렇게까지 상황 파악이 안 되는
발언이라는 생각은 들지 않았다.

"저기, 지금까지 제가 말한 거 안 들었어요? 여기
진짜 위험해요. 종 치자마자 저 괴물들 기어 나오는데,
사람만 보면 그 느린 새끼들이 갑자기 빠르게 움직인
다니까요? 아까 그 지네 다리 달린 걔 봤잖아요. 그런
괴물들이 한두 마리가 아닌데, 전부 다 피해 가면서
정보 찾아낼 수 있겠어요? 그리고 솔직히, 여긴 내가
더 잘 알아요. 여긴 아무것도 없어요. 우리가 할 수 있
는 건 그냥 이 안에서 돌아다니다가 몸 숨기고 그러면
되는 거예요. 너무 고집부리지 마요, 그래도 바뀌는 건
없으니까."

지우의 단호한 발언에 정윤은 순간 입을 다물고 생
각에 잠겼다. 아무래도 지우가 자신보다 이 이상한 세
계에 대해서 잘 알 것은 사실이었다. 하지만 지우가 저
렇게 단호하게 나오고 있음에도, 정윤은 어쩌면 이 공
간에서 할 수 있는 일이 숨고 멍하니 있는 것뿐이라는

생각은 들지 않았다. 마음을 굳힌 정윤이 잠시 동안의 정적을 깨고 다시 입을 열었다.

"그래도 저는 돌아다녀볼게요. 물론 그 이상한 생명체들은 좀 겁나긴 하는데…. 하지만 그렇다고 해서 무작정 숨고 나오고만 반복할 수는 없잖아요. 계속 돌아다녀보면 그래도 발견하지 못한 무언가가 나올 수도 있잖아요."

"아, 진짜…."

"아까 1층의 도서실 들어가보려다가 못 들어가기도 했고, 이 주변 교실들이 현실과 뭐가 달라졌는지도 확인 못 했어요. 그러니까 일단 돌아다녀볼게요."

지우가 무언가 입을 열려고 하자 정윤은 급히 말을 이어갔다.

"만약에 정 그러시면, 저 혼자 돌아다닐게요!"

"…미쳤어요? 그러다가 그 괴물 새끼들한테 먹힐 거라는 생각은 안 해요?"

"그래도, 아까 보니까 먹혀도 나중에 시간 지나면 되살아나잖아요. 그러니 괜찮지 않을까요? 물론 먹히는 건 좀 두렵기도 하고, 사람 발견하면 쫓아온다는 건 겁나지만 그렇다고 무작정 이렇게 숨어다니는 것만 반복할 수는 없어요. 말씀하신 대로라면 정말 평생 그렇게 숨고 나오고를 반복해야 한다는 소리인데, 솔직히 그렇게 할 자신은 없어요. 그러니까 차라리 저 혼자라도 이 안에서 돌아다녀볼게요."

정윤이 말을 마치자 지우가 다시 한번 깊은 한숨을 내쉬었다. 정윤의 말이 뭐가, 어떻게 마음에 들지 않았는지는 알 수 없었지만 확실히 지우의 심기를 건드린 것은 확실했다. 만난 지 얼마 되지 않은 사람이 이렇게 노골적으로 불편하다는 기색을 내보이는 것은 처음이었다.

"…다시 한번 말하지만, 여기 혼자 돌아다니는 거는 위험해요. 그리고 그 괴물들한테 먹히는 거, 그냥 '아, 이제 먹히는구나.' 하고 넘길 일 아니에요. 그 괴물들은 먹는 방법도 가지가지라서 어떤 놈은 씹어 먹고, 어떤 놈은 자기 몸 안에 넣고 천천히 녹여 먹어요. 눈앞에서 내 허리가 두 동강이 나서 씹히는 꼴을 보는 게 얼마나 끔찍한 경험인지 알면 조금 전의 그런 '먹혀도 되살아나니 괜찮을 것이다.' 같은 소리는 못 할걸요. 그래도 돌아다니고 싶어요?"

정윤이 잠시 대답이 없다가 고개를 끄덕였다. 결국 지우가 졌다는 듯이 마른세수를 했다.

"그럼, 그냥 나랑 같이 가요. 그렇게 돌아다녀야 직

성이 풀릴 거면 그냥 내가 안내해줄 테니까 한번 쭉 둘러봐봐요. 대신, 돌아다녀보고 더 이상 뭔가 발견하는 게 없다 싶으면 그때부터는 그냥 내 말 들어요. 알겠죠?"

"알겠어요. 그래도, 종 치기 직전까지만 돌아다니면 되지 않을까요? 그리고 그 이상한 생명체들은 1층부터 돌아다니다가 천천히 올라오던데 아예 위층부터 돌아다녀보는 것도 방법일 거 같아요."

"진짜 말 하나도 안 듣네…. 알았어요, 그러니까 일단 곧 종 칠 거 같으니까 몸 숨기고 나서 돌아다녀요. 알겠죠?"

지우의 말이 끝나기가 무섭게 큰 소리로 종이 울렸다. 정윤은 급히 귀를 막은 채 눈앞에 보이던 교실로 들어가며 학교의 전체적인 구조가 어떻게 되어 있었는지 떠올리려 했다.

〔 **3** 〕

　일단은 고집을 부려서 가장 위층인 4층으로 올라오긴 했지만 지우의 말처럼 특별히 발견할 수 있는 건 없었다. 종이 다시 울리기 전에 빨리 뭐라도 찾아내고 싶은 마음이 컸지만, 교실은 물론 양호실이나 음악실의 문을 열고 둘러보아도 특별히 도움 될 만한 물건은 아예 보이지도 않았다. 그뿐만 아니라, 돌아다니는 모든 교실에 사람의 흔적이 남아 있지 않았다. 분명 정윤이 기억하는 교실에는 친구들이 칠판에 수능까지 남은 날수를 세던 낙서도 있었고 교실 뒤편에는 여러 유인물이 걸려 있었는데, 지금 돌아다니면서 보는 교실들에는 아무것도 없이 정갈하게 정리된 책걸상과 교탁, 그리고 아무것도 적히지 않은 칠판만이 전부였다. 아까 들렀던 교무실의 모든 서류가 백지였고 수도를 틀어도 물 한 방울 나오지 않던 것처럼, 마치 정교하게 만들어둔 세트장 안을 돌아다니는 기분이었다.

"이렇게 돌아다니는 건 아무 의미 없어요."

2층을 다 둘러보고 계단을 타고 1층으로 내려가던 중 지우가 꺼낸 말이었다.

"내가 말했잖아요, 여기는 그렇게 돌아다녀봐야 얻는 게 없을 거라고. 혹시라도 위험할 수 있으니까 같이 돌아다녀주기는 하는 건데, 이렇게 돌아다닌다고 해서 뭔가 찾아낼 수 있지는 않을 거예요. 이미 내가 다 둘러봤다니까요?"

"그래도 더 돌아다녀보면 뭐든 나오지 않을까요? 저 아직 도서실도 남았…."

"에이, 진짜. 거기까지 왜 봐요, 이미 이 정도 봤으면 나올 거 없다는 거 뻔히 보이는 데 너무 고집부리지 마요. 여기서 더 돌아다녀봐야 시간만 버리는 거고, 별로 추천하고 싶지도 않아요."

말을 하지는 않았지만 정윤은 속으로 그런가, 싶어서 살짝 눈가를 찡그렸다. 확실히 2층부터 4층까지 모든 층을 돌아다녔음에도 특별히 사용할 수 있는 도구들을 찾거나 이곳에 대한 단서를 발견하지는 못했다. 정말로 지우의 말대로 이곳에서 괴물들이 나올 시기에는 몸을 숨기고, 안 나올 때만 나와서 숨 고르는 일을 반복하는 것이 최선인 건가 싶은 생각까지 들었다. 그러나 평생 그것만을 반복할 수는 없었다. 현시점에서 별다른 대안이 없었지만 어쨌든 정윤은 그렇게 갑갑한 생활을 영영 되풀이하고 싶지 않았다.

"그러면 마지막으로 도서실 한 번만…."

"곧 다시 종 울릴 거예요. 빨리 숨을 곳 찾는 게 좋을 거 같아요."

말이 잘리자 정윤은 살짝 불편한 티를 냈지만 지우는 크게 신경 쓰는 눈치가 아니었다. 자신이 너무 예민하게 구는 것인가 싶어서 정윤은 굳이 지적하지 않았다. 지우가 주변을 둘러보다가 뭔가 말을 하려 입을 열었다. 그런데 그때, 종이 울렸다. 커다란 종소리가 갑작스럽게 울리자 놀란 정윤은 급히 고개를 숙이며 귀를 틀어막았다. 두 손으로 귀를 꽉 틀어막았는데도 종소리는 마치 귓가에 대고 직접 울리는 것처럼 우렁차고 거대했다. 어찌나 컸는지 몇 번이나 들은 후였는데도 귀 안쪽까지 아려오는 느낌이 들 정도였다. 종소리는 얼마 지나지 않아 그쳤고, 손을 뗀 후에도 정윤은 귀

가 얼얼하고 멍한 기분이 들었다. 그리고 주변을 둘러
보는 그 순간, 지우가 어디론가 가버린 것을 뒤늦게 눈
치챘다.

"어?"

정윤은 자신도 모르게 바보 같은 소리를 냈다. 지우
가 어디로 간 것인지 알 수가 없었다. 일단 자신도 숨
든지, 도망을 가든지 해야 할 것 같은데 어디로 가야
할지 순간 머리가 멍해지는 기분이었다. 그리고 종이
울린 지 얼마 지나지 않아 무언가 중앙현관 쪽, 지하로
내려가는 계단을 타고 올라오는 소리가 들렸다. 아까
처럼 다리를 가진 생명체가 올라오는 소리가 아니었
다. 질척한 무언가가 기어 오는 소리였다. 아주 천천히,
하지만 그렇게 느리지 않게 올라오는 소리에 정윤은
그대로 굳어버렸다. 지금이라도 2층으로 올라가는 계
단을 향해 달려야 할지, 아니면 지하로 내려가는 계단
앞을 가로질러서 반대편 복도로 가는 것이 좋을지 감
이 잡히지 않았다. 빨리 판단을 내리지 않으면 정말로
지우처럼 먹혀버리는 꼴이 될 수도 있었다. 아무리 먹
히는 걸 감수하고 돌아다닌다고는 했지만, 정말로 먹
히는 걸 원하지는 않았다.

정윤의 머릿속이 복잡해져서 그대로 굳어버린 채

어찌할 바를 모르던 그 순간에도 기어 다니는 질척한 생명체는 서서히 위로 올라오고 있었다. 천천히, 두 팔을 지지대 삼아서 계단을 타고 기어 나온 생명체는 몸통은 민달팽이처럼 생겨서 질척한 액에 절여 있었는데 초롱아귀처럼 몸통 맨 위에 달린 긴 더듬이 끝에는 사람의 머리가 달려 있었다. 도저히 '괴생명체'라는 말 외에는 떠오르는 단어가 없었다. 그런데 그 순간, 정윤은 생명체의 더듬이 끝에 달린 얼굴이 누구인지 알아차렸다.

"어라."

지우였다. 아무리 봐도 조금 전까지 자신과 함께 있었던 지우의 얼굴이 확실했다. 자신도 모르게 튀어나온 한마디에 달팽이처럼 생긴 생명체가 움직임을 멈췄다. 그리고 생명체의 더듬이 끝에 달린 머리가 천천히 정윤 쪽으로 돌아가고, 머리와 정윤의 눈이 마주쳤다.

이럴 땐 어떻게 해야 하지?

"야!"

정윤의 정신을 깨운 것은 다급한 지우의 목소리였다. 모습을 내보이지는 않았지만 지우의 목소리가 위층에서 들리고 있었다.

"뭐 해, 빨리 올라와!"

급하게 외치는 지우의 목소리에 정윤이 힐끔 위를 올려다보았다. 2층 계단 난간 위로 지우가 눈만 내놓은 채 아래를 내려다보고 있었다. 그리고 다시 시선을 돌린 순간, 정윤은 조금 전의 그 느린 속도는 온데간데없이 두 팔로 빠르게 기어서 자신 쪽으로 다가오는 생명체를 발견했다. 팔로 기어 오는 게 믿기지 않을 속도라서 정윤은 깊게 생각할 새도 없이 바로 옆으로 몸을 날렸다. 바닥에 골반 옆을 꽤 세게 부딪혀서 통증이 올라왔지만 아파할 시간은 없었다. 계단을 타고 다른 생명체들이 하나둘 올라오는 것이 보였다. 정신이 없는 와중에도 더 이상 지체해서는 안 되겠다는 판단이 들어, 정윤은 아픈 옆구리를 붙잡고 몸을 일으켜서 계단을 뛰어 올라갔다.

"빨리 와!"

존댓말을 할 만큼의 여유도 없는 것인지 어느 순간부터 지우는 반말을 하고 있었지만, 정윤은 그에 대한 사담을 덧붙일 수가 없었다. 뒤를 돌아보지는 못했지만 자신의 뒤에서 질척이는 소리가 멀어질 기미를 보이지 않고, 오히려 가까워지려 하고 있었기 때문이었다. 긴박한 표정을 한 지우가 내민 손을 잡은 정윤은 일단 무작정 달렸다. 상황을 판단하기 위해 천천히 행동할 여유가 없었다.

　지우가 자신을 데리고 교실로 들어가서 청소도구함에 밀어 넣은 후에야 정윤은 가쁜 숨을 내쉬었다. 그마저도 지우가 급히 입가에 검지를 가져다 대면서 조용히 하라는 몸짓을 했기 때문에 입으로 손을 막고 최대한 천천히, 그리고 조용히 숨을 골라야 했다. 바깥에서는 희미하지만 질척이는 소리가 들렸다. 만약 이 순간 저 바깥의 생명체에게 존재를 들킨다면 절대 좋은 꼴은 못 당할 것이기 때문에, 정윤은 긴말 없이 입을 다물었다.

　바깥의 생명체가 가버리기를 기다리면서 긴장을 놓지 못했기 때문에 다행히 이전처럼 어둡고 습하다는 이유로 깜빡 기절하듯 잠드는 일은 없었다. 정윤이 긴장을 풀 수 있었던 것은 다시 한번 종소리가 울리고 질척이는 소리가 멀어진 후였다.

　"아니, 왜 안 왔어요? 내가 위로 올라갈 테니까 따라오라고 했는데?"

　바깥이 확실하게 조용해진 후에 지우가 청소도구함 밖으로 나오면서 한 말이었다.

　"종소리 때문에 못 들었어요. 무슨 소리 하는 건지 아예 들리지도 않았는데…."

"조금 전에 내가 안 데리러 왔으면 그대로 먹혔을 거예요, 알죠? 진짜 위험했던 거고 내가 도와줬으니까 살 수 있었던 거예요. 아무리 먹혀도 살아난다고는 하지만 내가 이렇게 구해줬으니 그 먹히는 고통을 안 느꼈던 거고요."

지우의 말이 맞았다. 지우가 자신에게 빨리 올라오라고 손을 내밀지 않았다면 정말로 멍하니 서 있다가 그대로 그 생명체에게 삼켜졌을지도 모르는 일이었다.

"그러니까 앞으로는 내 말 들어요. 어차피 이미 다 돌아다녀봐서 별거 없는 것도 확인했잖아요."

"그렇기는 한데…. 아, 맞다! 저 아까 이상한 거 봤어요. 그 달팽이같이 생긴 그 생명체 얼굴이…."

"지금 그게 중요해요? 어차피 괴물은 다 괴물일 뿐이고, 괴물 얼굴 볼 시간 있었으면 좀 피하지 그랬어요. 아까 잘못했으면 나까지 함께 먹힐 뻔했는데."

말이 막히자 순간 할 말이 없어져서 두 눈만 굴리던 정윤은 문득 떠오른 사실에 다시 입을 열었다.

"혹시, 지하에도 가보신 적 있으세요? 아까 봤는데 그 생명체들이 지하에서 나오는 걸 봤어요. 지하는…."

"저기, 그런 거 계속 얘기하지 말았으면 좋겠는데요. 저 지금 솔직히 좀 피곤하기도 하고 더 해드릴 얘기 없어요. 지하? 거기서 괴물들 나오는데 그게 뭐 어때서요. 거기도 가보고 싶다는 생각은 아예 접어둬요. 스스로 괴물 밥 되려고 하는 건 아무리 생각해도 좋은 길은 아니니까."

그 순간 정윤은 지우가 계속해서 말을 미룬다는 생각이 들었다. 계속 질문을 해도 숨기기 바쁘고, 뭔가 대답을 해줘야 할 말에는 대화 주제를 바꾸려 하거나 끊어버리니 정작 궁금한 사실에 대해서는 어떠한 것도 해결되지 않는 상황이었다. 어쩌면 지우가 뭔가를 숨기는 것이 아닌가 싶은 생각까지 들 정도였다. 지우는 교실 밖으로 나가려고 했다. 그러려는 지우를 정윤은 급히 팔을 잡아서 막아 세웠다.

"어디 가기 전에 일단 제가 질문하는 것부터 대답해 줘요. 계속 말 돌리시거나 말 끊으시는데 일단 대답을 해주셔야 제가 말을 잘 듣든 뭔가를 하든 하겠죠."

"여기 마땅히 볼 거 없고 때 되면 몸 숨기면 되는 것이라는 거 정도면 다 말한 거 맞잖아요. 이 공간은 아무도 못 들어오는 공간이고 우린 지금 저 지하의 괴물 새끼들이랑 한 공간에 갇힌 거예요! 맞서 싸우기엔 쪽수에서 밀리고, 그렇다고 계속 죽고 싶은 마음은 없으니까 어떻게든 숨어서 살아보려 하는 거요! 이 정도면 모든 질문 해결된 거 아니에요?”

"아니, 저 지금 그거 말고도 궁금한 거 많아요. 저 생명체들의 정체가 뭔지 알아요? 아니, 일단 그건 둘째치고 아까 그 생명체의 머리, 거기에 왜 그쪽 얼굴이 있었는데요? …그리고 정말로 여기서 나갈 길이 없어요? 평생 이렇게 살아야 하는 게 맞아요?”

정윤의 표정이 꽤 간절해 보였는지 짜증을 내던 지우도 한숨을 쉬며 감정을 가라앉히고 자기 팔목을 잡고 있던 정윤의 손을 가만히 풀어냈다.

"그래요, 지금 많이 당황스럽긴 할 거예요. 저도 여기 처음 떨어졌을 때, 처음 그 괴물 새끼들 마주하고 먹혔을 때 정말 혼란스럽고, 슬프고, 당황스러웠어요. 하지만 결국 다 적응해야 할 문제고 언젠간 적응해야 할 일이에요. 그니까 일단 진정하고, 앞으로는 내 말만 잘 따라오면 돼요. 내 말만 잘 들으면 아무 문제도 없을….”

그때였다. 어디선가 발소리가 들렸다. 말을 멈춘 지우가 당황스러운 표정을 지었다. 당혹스러운 것은 정윤 역시 마찬가지였다. 분명히 아직 종이 울리지도 않았는데 왜 발소리가 들리는 것인지 알 수 없었다. 설마 자신이나 지우가 모르는 생명체가 또 있는 건가,

싶은 정도였다. 발소리는 점점, 위로 올라오면서 지우와 정윤이 있는 곳으로 가까워지고 있었다. 도망쳐야 하나, 싶어서 힐끗 지우를 봤지만 지우도 자신과 같이 당혹스러운 표정을 짓고 있었다. 아무래도 지우도 처음 겪어보는 상황인 것 같았다.

"자, 잠깐, 일단 몸을 숨겨야…."

지우가 말을 다 끝내기도 전에 발소리의 주인이 모습을 드러냈다. 기이한 생명체가 아니었다. 그냥 평범하게 교복을 입은 정윤과 지우 또래 정도로 보이는 학생이었다. 그리고 그 학생을 마주하는 순간, 지우의 표정이 빠르게 일그러졌다. 자기 앞에 나타난 학생이 그리 달가워 보이는 눈치는 아니었다. 그것은 그 학생 역시 마찬가지였는지 지우를 발견하고선 대놓고 불편한 기색을 숨기지 않았다.

"독한 새끼, 아직도 살아 있네."

지우와 정윤의 면전에서 그 학생이 뱉어낸 첫마디였다. 그 말을 듣는 순간, 정윤은 저 학생이 대체 어디서 들어온 것인지 생각하지 않을 수 없었다. 분명 지우는 이곳에서 나갈 수 없다고 했었다. 그런데 이렇게 사람이 들어왔다는 것은 바깥에서는 출입이 가능하다는 의미인지, 그렇다면 저 학생은 왜 이곳에 들어온 것인지 제대로 알 수가 없었다. 의문점이 뭐 하나 제대로 해결되지 않은 상황에서 또다시 의문이 생기니 머릿속이 뒤엉키는 것처럼 복잡해지는 기분이었다.

"…누구세요?"

"아냐, 아무도 아니에요. 별거 아니니까 너무 신경 쓰지 마요."

지우가 급히 말을 막자 학생이 웃긴다는 듯이 피식하고 코웃음을 쳤다.

"나 별거 맞잖아, 지우야. 정말 내가 아무것도 아니야?"

지우는 아무 대답이 없었다.

"그쪽은 누구세요, 그럼? 아예 처음 보는 사람인 거 같은데."

시선을 돌려서 자신의 정체를 물어오는 학생에게 정윤은 아, 하는 바보 같은 소리를 내다 괜히 옷매무시를 가다듬으며 입을 열었다.

"저는 임정윤이라고 하는데, 여기 학교 다니는 사람이고, 아까 이 이상한 곳에 떨어졌거든요. 여기가 사실 어딘지도 모르겠고 종이 울리면 이상한 괴물들 나와서 돌아다니니까 좀, 혼란스럽기도 하고…"

"그렇죠, 여기가 워낙 이상한 곳이죠. 습하고, 기이하고, 돌아가고 싶은데 돌아갈 길이 없고. 저는 윤재영이고, 여기 떨어진 지는 좀 된 사람이에요. 정확히 얼마나 됐는지는 안 세어봐서 모르겠지만 꽤 됐어요. 지금 옆에 있는, 걔랑 비슷한 시기에 떨어져서."

재영과 정윤의 시선이 동시에 지우에게로 향했다. 재영은 이 상황을 예상치 못했지만 꽤 흥미롭다는 듯한 눈길이었고 정윤은 재영의 말이 무슨 뜻인지 정확하게 이해하지 못했다는 눈길이었다. 지우는 답지 않게 당황한 표정을 짓고 있었다. 재영의 등장 자체를 예상하지 못했다는 듯이 얼굴이 붉어져 있었고, 입술을 깨물다가 시선이 이리저리 돌아가며 방황했다. 확실히 조금 전 정윤과 단 둘이 있을 때와는 다른 태도였다. 재영이 말하는 것으로 봐서는 꽤 오랜만에 본 사이 같은데, 두 사람 모두 다 서로를 전혀 반가워하는 기색이 없었다.

"쟤는 꽤 오래 살려둘 생각인가 보다?"

잠깐의 침묵이 흐르고 재영이 입을 열었다. 정윤은 무슨 뜻으로 하는 말인지 이해하지 못해 지우를 바라봤지만, 지우는 재영을 노려보느라 정윤에게 신경을 쓰지 못했다.

"왜 그렇게 봐, 내가 틀린 말한 거 아니잖아. 뭐, 두고두고 천천히 즈려밟고 그럴 건 아닐 테고 꼴에 외로움이라도 느낀 거야? 아, 재밌네."

무미건조한 목소리로 말하는 재영에게, 정윤은 상황 파악을 하지 못한 상태에서 입을 열었다.

"살려둔다는 게…, 그러니까 제 얘기인 거죠?"

"그렇죠, 아무래도?"

"아냐, 저 새끼 말 듣지 마요!"

재영과 지우가 동시에 입을 열었다. 지우가 재영 쪽으로 고개를 휙 돌려서 노려보자 오히려 재영은 상황 자체가 재미있다는 듯이 지우를 바라봤다.

"뭐야, 이 상황? 너 설마 아무것도 안 말해준 거야? 거기, 여기서 재한테 뭐 들은 거 있어요?"

"네? …아뇨, 딱히…."

재영이 순간 헛웃음을 지었다. 입은 웃지만 눈은 지우를 바라보며 굳어 있는 상태였다. 대체 지우와 재영 사이에 무슨 일이 있었길래 서로를 비웃고 경계하는 것인지, 정윤은 제대로 된 정보값이 없어서 파악할 수가 없었다. 결국 정윤은 자신이 직접 두 사람의 관계에 관해서 물어보기로 했다. 뭐라도 알아내기 위해서는 이 방법밖에 없어 보였다.

"저, 두 분 혹시 무슨 사이세요…?"

"우리? 내가, 재한테 맺힌 게 좀 많아요. 우리 사이가 좀 그렇거든요. 진짜로 쟤한테 뭐 들은 거 없죠? 쟤 가 그동안 뭐 했는지 다 알면 앞으로 절대 같이 못 다 닐걸….”

“야, 나랑 얘기 좀 해.”

“왜? 저 사람도 결국엔 다 알게 될 이야기….”

그 순간 지우가 재영의 말을 자르고 그대로 재영의 손목을 잡고 반대편 복도로 끌고 갔다. 다급한 것인지, 불안한 것인지, 아니면 둘 다인 것인지 정확하게 알기 어려운 복잡한 표정이었다. 순식간에 벌어진 일이었지 만 재영은 이미 다 예상을 한 것인지 순순히 지우의 뒤를 따라갔다. 결국 정윤은 복도에 홀로 남아서 순식 간에 사라진 두 사람이 향한 곳만 바라볼 뿐이었다.

그리 멀리 가지는 않았는지, 텅 빈 복도에는 두 사 람의 대화 소리가 희미하게 울렸다. 다만 조금 거리가 있어서 정확히 무슨 대화를 하는지 들리지는 않았다. 정윤은 대화를 나누는 곳으로 가서 조금이라도 들어 볼까, 하는 마음이 들었다. 둘의 사이가 정확하게 무엇 인지 궁금하기도 했지만 현 상황에서 아무런 정보도 없는 상황이다 보니 괜히 더 호기심이 생기는 것도 있 었다. 두 사람의 사적인 대화를 엿들어도 되나 했지만 어차피 복도에 홀로 남겨져서 멍하니 있는 것보단 낫지 않을까 싶었다. 정윤은 조심스레 발소리를 죽여가며 천천히 복도를 걸었다.

재영과 지우는 복도 끝, 다른 층으로 가는 계단 쪽에서 대화를 나누고 있었다. 정윤은 슬쩍 두 눈만 내민 채 두 사람 쪽을 바라봤다.

"내가 못 올 곳 온 것도 아닌데 왜 그렇게 굴어? 난 너 살아 있을 거라고 예상도 못 했어. 세상에, 다른 애들 다 사지로 밀어 넣고 혼자만 그렇게 열심히 살아남아서 지금까지 버텼다고? 독한 새끼."

"난 그때 어쩔 수 없었던 거야. 가장 최선의 선택을 한 거고, 너네는 그 최선의 선택에 따르지 않은 거고! 너희들의 선택이 틀린 거였을 뿐인데 왜 나한테만 그래? 내가 뭘, 어디서부터 잘못했는지 말해보라 하면 한마디도 못 할 새끼들이!"

"한마디도 못 하는 게 아니라 그냥 말할 가치를 못 느끼는 거겠지. 그리고 시발, 어쩔 수 없다고 너한테 동조하는 새끼들 꼬셔서 그냥 멀쩡하게 살아 있던 사람들 죽이는 게 말이 되냐? 나는 아무리 급해도 사람 죽일 생각은 들지도 않던데, 너는 어떻게 그딴 생각 먼저 해? 아이 씨, 다시 생각해도 열불나 죽겠네."

사람을 죽여? 정윤이 자신도 모르게 입을 틀어막

았다. 자신이 봤던 지우는 말을 회피하고 자신의 주도 하에 행동하기를 원하는 성향 같긴 했지만, 사람을 죽일 것처럼 보이지는 않았다. 그런데 사람을 죽였다니, 믿기지 않았다. 그리고 무엇보다 지우는 이곳에 자신 말고 아무도 없는 것처럼 굴었는데 재영의 말대로라면 과거에는 이곳에도 사람들이 더 많이 있었다는 얘기가 되는 거라, 대체 왜 지우가 거짓말을 한 것인지 감이 오지 않았다. 아직 정윤이 대화를 듣고 있다는 사실을 눈치채지 못한 재영은 계속 말을 이어 나갔다.

"너 원래 네 말 안 들어주는 새끼 있으면 어떻게든 나쁜 놈으로 몰아가는 게 취미였잖아. 여기로 새로 들어왔다는 걔한테는 그 성격 아직 안 밝혔나 봐. 그래도 말은 해줘야지, 네가 어떤 앤지 말을 해줘야 걔도 마음의 준비는 하지 않겠어?"

정윤의 시선에서는 지우가 등을 돌리고 서 있어서 제대로 된 표정을 볼 수는 없었지만, 지우의 몸이 그대로 빳빳하게 굳어버린 것이 보였다.

"…그래서, 여기 왜 왔어?"

"해결할 일 있어서 온 거지, 아니면 안 왔어. 일 해결하면 바로 갈 거니까 서로 얽히지 말자, 알겠지? 솔직히 우리가 얽힐 정도로 친한 사이는 아니잖아. 근데,

그래도 걔한테는 네 성격이랑 잘 설명해줘. 불쌍하잖아, 우리처럼 아무것도 모르고 당하면."

재영이 그대로 뒤돌아서 지우를 등진 채 위층으로 올라가려 했다. 그리고 그 순간, 누가 말릴 새도 없이 지우는 그대로 손을 뻗어서 재영의 머리채를 휘어잡으려 했다. 그 모습을 발견한 순간 정윤은 자신도 모르게 어, 하고 큰 소리를 낼 수밖에 없었다. 소리를 들은 재영과 지우가 뒤를 돌아봤다. 졸지에 대화를 엿들은 것을 들킨 정윤이 머쓱하게 시선을 돌리면서 모습을 드러냈다. 재윤은 예상치 못한 타이밍에 등장한 정윤을 보고 살짝 놀라는 정도에서 그쳤지만 지우는 상당히 당황한 눈치였다.

"오해예요."

무엇이 오해인지도 제대로 밝히지 않은 채 지우가 내뱉은 말이었다.

"어디서부터 들은 건지는 모르겠는데, 방금 나눈 대화는 다 오해거든요? 그러니까 일단 내가 다 설명해줄게요. 다 오해고, 저 새끼가 다 이상하게 저 몰아가는 거예요. 내 말 들어요, 무슨 상황인지 얘기해줄 수 있어요."

"오해는 무슨⋯."

재영이 말도 안 되는 소리를 한다는 표정으로 지우를 바라봤다가 정윤에게로 시선을 돌렸다.

"내가 여기 어떻게 들어왔게요? 나도 여기 있어봐서 알아요, 여기 지금은 문밖으로 못 나가잖아요. 설마 얘가 '여기서 영영 못 나간다.' 같은 소리 했어요?"

정윤이 두 눈을 크게 뜨며 고개를 끄덕이자 재영은 꽤 재밌는 광경을 목격한 것처럼 비웃음을 참으며 지우에게로 시선을 돌렸다.

"너 진짜 외로움이라도 느끼나 봐? 너도 감정이 있긴 했구나? 이야, 나는 그렇게 아낌없이 사람 죽이길래 사이코패스인 줄 알았지."

"조용히 안 해?"

"왜, 너 추악한 새끼인 거 숨겨도 어차피 언젠가는 드러나. 그렇게 거짓말이랑 회피하는 걸로 피하는 게 언제까지 먹힐 거 같아? 네가 여기서 괴물들 피하다가 돌아버려서 외로움 느끼는 건지 뭔지는 내 알 바 아닌데, 그렇게 이미지 관리할 거면 진작 좀 하지 그랬어. 아직도 네 생각만 하면 이 갈고 있는 사람이 저기 밖에 깔렸는데."

"야!"

결국 화가 잔뜩 났는지 인상을 쓰며 지우가 악을

쓰는 그 순간, 굉음에 가까운 종소리가 울렸다. 이렇게 중요한 순간마다 울리는 종소리가 타이밍이 좋은 것인지, 아니면 우연이 몇 번이나 겹치는 것인지 이제는 알 수 없을 지경이었다. 정윤이 두 손으로 귀를 틀어막았다. 그리고 그때, 순식간에 몸이 훅하고 당겨지는 느낌이 들었다. 언제 계단을 내려온 것인지 재영이 그대로 정윤의 팔을 잡아 끌어당기면서 복도로 달려 나갔다. 정윤은 뭐라 할 새도 없이 끌려가 재영이 향하는 대로 발걸음을 옮겨야 했다. 너무 순식간에 일어난 일에 문득 뒤를 돌아보니 자신과 재영이 달려 나가는 모습과 계단 아래를 번갈아 바라보다가 결국 몸을 돌려 다른 곳으로 향하는 지우가 보였다. 쫓아가기에는 상황이 여의찮다고 판단한 모양이었다. 이렇게 끌려가도 아무 일 없을 것인지 걱정이 되긴 했지만, 이미 정윤은 재영의 손에 이끌려 음악실 안으로 들어가고 있었다. 확실히, 걱정을 하기에는 너무 늦은 타이밍이었다.

〔 **4** 〕

　정윤을 음악실 안으로 밀어 넣은 재영은 자신 역시
음악실에 들어온 뒤 문을 잠근 후 숨을 고르면서 정
윤을 바라봤다. 그리고 아직도 얼떨떨한 표정의 정윤
에게 입꼬리만 올려서 웃어 보였다.

　"걔 따라가는 것보다 나 따라오는 게 훨씬 나을 거
같아서요."

　그러더니 재영은 잠시 뭔가를 생각하다가 피아노
근처로 가서 주변을 두리번거리며 뒤지기 시작했다.
피아노 아래를 살피고 의자를 들어보면서 뭔가를 찾
더니 몸을 아예 숙여서 교탁 옆 교구함 아래 틈새로
팔을 뻗어 바닥을 더듬거리기까지 했다.

"…도와드릴까요?"

"아뇨, 괜찮아요. 찾은 거 같아서…. 아, 여깄다."

틈새에서 팔을 꺼낸 재영의 손에 들려 있는 것은 금색의 목걸이였다.

"여기 온 이유 중 하나가 이거였거든요. 요 목걸이 주인이 이거 진짜 중요한 거라고 찾아야 되는데 아무래도 여기 돌아오기엔 불안정한 상태라 제가 대신 왔어요. 저도 사실 오고 싶진 않았지만…."

머리를 긁적이던 재영은 목걸이를 주머니에 넣은 뒤 음악실의 의자에 대충 걸터앉았다.

"자, 어차피 지금은 밖에 나가기도 애매한 타이밍이니까, 궁금한 거 있으면 물어봐요. 아까 대충 상황 보니까 걔가 뭐 설명해준 것도 없는 눈치던데?"

재영이 대충 눈치챈 것처럼 실제로 지우가 설명해준 것은 크게 없었다. 궁금한 사항들은 많았지만 어디서부터 물어야 할지 모를 정도로 머릿속이 정리되지 않았다. 그런 정윤의 상태를 알아차린 것인지 재영이 먼저 입을 열었다.

"여기서 나가는 방법, 있는 거 아시죠?"

정윤이 그 말에 고개를 저었다. 사실 조금 전까지 이곳에서 나갈 수 있다는 생각 자체를 하지 못하던 상황이었다.

"뭐, 거창하게 얘기할 건 없고 그냥 종 울리고 그 괴물들 나올 때 나가면 돼요. 저기가 괴물들 안 나올 때는 안 열리고 괴물들 나올 때는 열리고, 그러더라고요."

"…끝이에요?"

"네, 그게 끝이에요. 괴물들이 종 울리자마자 나오는 건 아니니까 문 앞에서 기다리고 있다가 종 다 울리면 괴물들 나오기 전에 바로 나가면 되더라고요. 물론 사람 일이라는 게 그런 타이밍 잡는 것이 생각보다 쉽지 않아서 문제인 거지…. 생각보다 그 괴물들 행동 패턴이 꽤 불규칙하거든요. 그나마 잠긴 문 따고 들어올 정도의 지능은 없고 돌아다니다 사람 발견하면 쫓아오는 게 끝인 거 정도는 모든 괴물들 공통이라 다행이라면 다행이죠."

방법이 너무 간단해서 정윤은 허탈한 기분까지 들 정도였다. 그렇게 간단한 방법이 있었는데 지우의 '나갈 수 없다'는 말에 조금씩 흔들리고 있었다는 사실이 믿기지 않을 정도였다. 재영이 가볍게 기지개를 켰다.

"원한다면, 이따가 같이 나갈래요?"

"같이요?"

"볼일 끝나면 바로 나갈 건데 이왕 나가는 거, 같이

나가요. 바깥에는 괴물 없으니까 적어도 이렇게 숨을 필요도 없고 훨씬 안전하고요. 그리고 솔직히 걔랑 같이 있는 것보단 밖이 훨씬 나을걸요."

재영의 말에 정윤은 살짝 갈등하는 마음이 들었다. 지우와 관련된 사항에 대해서는 둘째치더라도 괴물이 있는 곳에서 벗어날 수 있다는 사실은 꽤 매력적인 이야기였다. 다만 정윤은 학교 밖으로 벗어나는 것이 아니라 아예 이 세상에서 떠나 원래 살던 세상으로 돌아갈 방법이 궁금했다. 이 습하고, 공허하고, 인위적으로 만들어진 것 같은 세상에서 평생 살아가고 싶지 않았다.

"더 궁금하신 점은요?"

"아, 혹시 여기에 지금 있는 저 포함 세 사람 말고도 사람이 더 있었나요?"

"물론이죠, 훨씬 많았어요. 물론 지금은 학교 밖으로 도망쳐서 살거나, 아니면 어디 갔는지 모르는 상황이지만요. …혹시 여기에 대해서 얼마나 알아요? 걔가 많이 설명해준 거 같지는 않지만 그래도 아는 건 있을 거 아니에요."

"음…. 사실 거의 없어요. 들은 것도 많지 않고…."

재영은 예상대로라는 듯한 표정을 지었다.

"걔가 원래 그래요. 자기 불리해질 거 같으면 어떻게

든 회피하고 말 안 하려고 하는 성향이 되게 강해요.
그리고 정말 안 되겠다 싶으면 확, 묻어버리려고 하더
라고요. 대체 뭐 하던 새끼인지, 참⋯."

"그럼, 그, 사람을 죽였다는 건⋯."

"그거는 얘기가 꽤 긴데⋯."

재영이 과거를 회상하는지 잠시 눈을 감고 말없이
앉아 있다가 깊은 한숨을 내쉬었다. 딱 보기에도 심각
한 얘기라는 예상이 들어서 정윤은 불편하면 말하지
않아도 된다고 말을 꺼내려 했지만, 재영은 이내 입을
열었다.

"그쪽도 그렇겠지만 사실 여기에 왜 오게 된 건지
정확히 알고 온 사람은 없었거든요. 다들 각자의 시간
대를 살다가 갑자기 뚝 떨어져버린 거라, 처음에는 다
들 당황해서 어떻게 해야 할지 몰랐어요. 눈 떠보니 내
얼굴을 한 괴물이 돌아다니고 사람들 잡아먹고, 근데
또 잡아먹힌 사람들은 다음 날 되면 살아나고. 어우,
처음에는 그냥 난장판 그 자체였죠. 그러다가 들어온
사람이 한 스무 명쯤 됐나? 그즈음부터는 천천히 사
회 체계가 잡혀갔어요. 괴물들의 행동 패턴이 어떤지
파악하고, 어떻게 해야 살아남을 수 있을지 판단하는
과정에서 서로가 다른 시간대에서 떨어졌다는 사실도

알게 되었고, 결국 협동해야만 살아남는 게 가능하다는 걸 깨달은 거죠."

"다른 시간대라는 게….."

"누구는 1980년대에서 떨어지고, 또 다른 누구는 2000년대에서 떨어지고, 그 옆에 있는 사람은 자기가 2024년에서 왔다고 하고. 그런 식인 거죠. 그리고 본래 살던 시기 자체로만 따지면 걔가 제일 나이 많을걸요."

예상치도 못한 사실이었다. 갑자기 예상치 못하게 등장한 장소라고만 생각했지 여러 시간대의 사람들이 얽혀 있을 것이라는 생각은 아예 하지도 못했다. 당황스러움과 놀람이 그대로 드러나는 표정을 지은 정윤을 바라보던 재영은 말을 이어 나갔다.

"그렇게 괴물들에게 몇 번씩 먹혀가면서 얼추 어떻게 대응해야 하는지 파악한 후에 사람들은 '이제 여기서 어떻게 빠져나갈까?'를 연구하기 시작했어요. 그렇잖아요, 괴물한테 먹히면서 평생 살기엔 여기는 너무 습하기도 하고 아무것도 없으니까요. 괴물들한테 맞서보는 것도 생각해보고 실행했는데, 마땅한 도구도 없는 공간에서 다수의 괴물과 싸우는 건 불가능한 일이었더라고요. …그렇게 다들 조금씩 지쳐가거나 현실에 적응할 즈음에, 걔가 사람들에게 한 가지 이론을 제시

했어요. 걔 말로는 자칭 '제물' 이론이었죠."

"제물이요?"

"적당히 요약하면 '어쩌면 우리가 여기 갇힌 채 나가지 못하는 것은 무언가를 바쳐서 나가야 한다는 뜻일 수도 있다.'는 소린데, 솔직히 지금 그 이론을 내세웠다면 아무도 받아들이지 않았을 거고 오히려 불쾌하게 여기는 여론이 더 컸을 거예요. 하지만 그때는 다들 이 세상에 떨어진 지 얼마 되지 않았던 상황이었고, 어떻게든 돌아가려고 애쓰던 시기여서, 그 이론에 동조하는 사람이 생겨버린 게 문제였죠."

정윤이 자신도 모르게 침을 꿀꺽 삼켰다.

"그 이후에는 뻔하죠. 걔가 자기 이론에 동조하는 사람들 다 끌어모아서 나머지 사람들을 싹 다 죽였어요. 하필 또 걔 이론에 동조하던 애들이 힘 좀 쓰는 애들이어서 어떻게 대응도 못 해보고 반쯤 죽고, 나머지 반 중에서 일부는 도망치려다가 종 울려서 나온 괴물한테 먹히고. 그래도 열심히 도망치려다가 괴물들 나올 시기에는 학교 밖으로 나올 수 있다는 사실 안 거 하나는 건졌죠."

재영이 애써 웃어 보였다. 하지만 좋은 기억은 아니었기 때문에 눈은 웃지 않은 채로 입만 의례적으로 지은 어색한 웃음이었다.

"그렇게 저 포함해서 여기서 도망쳐 나온 사람들은 밖에서 적당히 자리 잡고 살게 되었고, 대규모로 죽어 나간 이후에 다시 살아나서 간신히 바깥으로 나온 사람들이 합류하면서 지금의 상황이 된 거고요. 솔직히 바깥에서 사는 거 자체는 그럭저럭 버틸 만해요. 일단 괴물이 없다는 게 큰 장점이죠."

"그럼⋯."

"가장 최근에 여기에서 도망쳐 나온 사람 말로는 마지막으로 본 광경이 걔랑 걔한테 동조했던 사람들이랑 다투고 있었다는데, 그 사람들 아직도 어떻게 됐는지 모르는 거 보면 뻔하죠. 어떻게 했는지 몰라도 걔가 그 사람들 무력화시킨 후에 처리했을 텐데, 혼자서 어떻게 그 많은 사람을 제압하고 처리한 건지는 모르겠지만, 어떤 상황이든 걔가 주도한 건 확실해요. 물론 그 사람들이 한 짓이 있으니 불쌍한 생각까지는 안 들고, 딱히 그 사람들을 찾고 싶은 생각도 없지만요."

정윤은 도저히 자신이 들은 말을 믿을 수가 없었다. 재영의 말이 사실이라면 지우는 대학살을 주도했을 뿐만 아니라 죽어도 계속 살아나는 세상에서 사람들에게 좋지 않은 짓을 했다는 의미였기 때문이었다. 듣기만 해도 속이 울렁거리는 얘기였다.

"걔의 개인 사정이야 별로 궁금하지 않으실 테니 일단 이 정도만 알아도 될 거 같고요. 근데, 그래도 궁금하긴 해요. 대체 뭘 어떻게 했길래 여기서 그 사람들이 그대로 실종된 건지."

"어, 여기서는 따로 사람을 본 적이 없는데요⋯."

"⋯그래요? 사실 다들 걔가 아직 모습을 드러내지 않은 사람들에게 뭔가 했다는 것 정도는 예측하고 있지만 뭘 했는지는 정확히 짐작조차 하지 못하고 있어요. 그래서 제가 여기 온 거죠, 혹시라도 이곳에 머물고 있는 사람이 있는지 찾기 위해서요. 물론 걔가 아직도 살아 있을 거라는 건 전혀 예상조차 못 했지만요. 전 그 새끼가 어차피 죽어도 다시 살아나는 세상이니, 진작 다른 곳으로 도주했거나 했을 줄 알았는데⋯."

재영은 알다가도 모르겠다는 듯이 고개를 저었다.

"근데, 제가 여기 교실들 둘러봤는데 특별한 게 있지는 않았어요. 교실에도 사람의 흔적 같은 건 보이지도 않았고, 특이사항도 따로 없었고요."

"⋯정말요? 사람의 흔적 같은 거나 다른 사람들 이 안에서 한 번도 못 봤어요, 정말로?"

인기척이나 지우 외의 사람이 머문 흔적 같은 건 정

말로 본 기억이 없었기 때문에 정윤은 고개를 끄덕였다. 그러다 자신이 아직 둘러보지 못한 공간이 떠올라 아, 하는 짧은 탄성을 내뱉으며 다시 입을 열었다.

"도서실에 아직 안 가보긴 했어요. 아까 가보려고 했는데 종 울리기도 했고 정신이 없어서…. 그리고, 지하에도 안 가봤어요. 그 이상한 괴생명체들 기어 나오는 방향이요."

"거긴, 사실 여기에 사람들 다 같이 모여 살던 시절에도 가본 적 없는 공간이에요. 솔직히 그렇잖아요, 그 안으로 들어가려면 괴물들 다 나올 때까지 숨어서 기다리다가 잽싸게 들어가야 하고, 운 좋게 아래로 내려가는 데 성공했어도 밖으로 나올 때 괴물들 마주치면 답도 없으니까요. 그렇다고 그 괴물들 정면으로 마주쳤을 때 무찌를 능력이 있었냐 하면 그것도 아니니, 그 아래로 내려가보자는 말은 몇 번 나왔지만 어떻게 내려가고 혹시 모를 변수 상황에 대비할지를 결정 못했고, 걔가 사람들 죽이는 거 주도하는 사건 일어나버리면서 결국 흐지부지됐죠."

"음…."

재영이 잠시 무언가를 생각하는 듯이 눈을 감고 있다가 다시 눈을 뜨고 정윤을 올려다보며 입을 열었다.

"그럼 일단 도서실 먼저 가봐요. 지하는 무작정 갔다가 감당 안 되는 결과 나올 거 같으니까, 우선은 우리 눈앞에 보이는 곳을 먼저 공략해보자고요. 그러고 나서 지하 가볼 방법 생각해도 안 늦을 거 같아요. 어차피 그쪽도 도서실 궁금해하시는 거 같기도 하고."

정윤의 속내를 꿰뚫었다고 생각한 것인지 재영은 꽤 확신에 찬 얼굴이었다. 정윤 역시 도서실 내부를 보지 못했던 것에 대해 아쉬움과 궁금함이 있었던 것이 사실이라, 재영의 제안을 거절하지 않았다.

종이 다 울리고 바깥에서 무언가 돌아다니는 소리까지 가시자 재영과 정윤은 바깥으로 나와 1층으로 걸음을 옮겼다. 아직 살펴보지 못한 도서실에는 무언가 도움이 될 법한 단서가 있으면 하는 바람이었다. 두 사람 사이에는 별다른 말이 오가지 않다가 정윤이 먼저 입을 열었다.

"여기는…, 그러니까 이 공간은 어떻게 오신 거예요?"

"여기요? 별다른 이유가 있는 것 같지는 않은데, 선생님이랑 대판 싸우고 나서 학교를 나서려다가 '아, 이런 생활 너무 지겹다. 이럴 거면 선생도, 공부도 없는 세상에 가고 싶다.'라는 생각을 했거든요. 그런 생각 하다가 교실에 책 놓고 간 거 생각나서 다시 돌아가 책 챙긴 뒤 교실 문 열었더니, 여기 와 있더라고요? 그래도 금방 돌아갈 수 있을 줄 알았는데 여기에 계속 사람들이 들어오고 점차 수가 늘어나는데도 돌아갈 방법을 못 찾았어요. …말하니까 정말 돌아가고 싶다. 엄마가 저녁에 고기 구워 먹자고 했었거든요."

재영의 표정이 과거를 회상하면서 조금씩 슬픈 기색이 비쳤다. 괜한 질문을 해서 기분을 상하게 만든 것은 아닌지 정윤이 잠시 고민했지만 다행히 재영은 금세 슬픈 표정을 지워냈다.

"그러면 그쪽, 정윤이라고 하셨던가? 정윤 님은 여기 어떻게 오셨어요?"

"저는 야자 할 때 보려던 참고서 놓고 온 거 있어서 친구들이랑 같이 교실 갔었거든요. 그때까지만 해도 친구들이 '학교 교실에 혼자 있을 때 다른 세상으로 가고 싶다고 생각하면 정말 다른 세상으로 가버린다'는 둥 작동 안 하는 시간인데 작동하는 엘리베이터 타면 다른 차원에 갈 수 있다는 둥 우리 학교에 떠도는 괴담을 얘기해주길래 그냥 웃고 넘겼어요. 근데 친구들이 먼저 가고 혼자서 참고서 챙기다 '고3 생활 언제 끝나나, 진짜 다른 곳으로 가버리면 이런 공부 안 해도 될까?'하고 생각하면서 나왔는데… 어쩌다 보니 여기 왔네요."

"…사실 다들 그렇게 왔더라고요. 학교에 뭐가 있는지는 모르겠지만 밤에, 혼자 교실에 있을 때, 다른 차원으로 가고 싶다고 생각하면 이곳으로 올 수 있는 무언가가 열리는 거 같더라고요. 그런데 정작 이곳에서 '현실로 돌아가고 싶다'고 생각하는 건 하나도 안 통해요, 웃기죠?"

말로는 웃긴다고 하지만 재영의 표정은 전혀 웃고 있지 않았다. 오히려 지친 기색이 보이는 것 같은 착각까지 들었다.

"그럼 돌아갈 방법은, 없는 걸까요?"

"아예 없지는 않을 거 같은데, 밝혀내지를 못했어요. 어딘가에 돌아갈 방법이 있을텐데…."

대화를 나누다 보니 두 사람은 어느새 도서실 앞에 도착해 문 앞에 서 있었다. 닫혀 있는 도서실 너머에 무엇이 있는지는 알 수 없었지만, 정윤은 내심 이 안에 뭐든 좋으니 도움이 될 만한 단서가 하나라도 있었으면 좋겠다고 생각했다. 잠시 문을 빤히 바라보던 재영이 문손잡이를 잡고 돌리려 했다. 그 움직임을 막은 것은 뒤쪽에서 들려오는, 급히 달려오는 발소리였다. 재영과 정윤이 뒤를 돌아보자 두 사람을 향해 다가오는 지우가 보였다. 지우는 급히 재영의 손을 확 떼어낸 뒤 도서실 문 앞을 막아섰다. 얼마나 급하게 달려온 것인지 숨을 꽤 급하게 몰아쉬는 중이었다.

"뭐야? 비켜, 우리 여기 확인해봐야 돼."

"여긴, 하아, 아무것도 없어. 그러니까 쓸데없는 짓 하지 말고 너는 문 열리면 알아서 나가."

"너는 지금 그렇게 긴박하게 뛰어와선 못 들어가도 록 막고 그런 말을 하면 통할 거라고 생각하는 거야? 말도 안 되는 소리 그만하고 비켜. 정말로 여기에 아무 것도 없으면 아무것도 없다는 거 확인해보고 나올 테 니까."

재영이 지우를 옆으로 밀어내려 지우의 어깨에 손 을 얹었지만 지우는 오히려 그 손을 치워버리고 재영 을 노려봤다. 그 행동에 재영은 인상을 쓰며 헛웃음을 지었다.

"너 여기 안에다 뭐 숨겼냐?"

"아무것도 없으니까 가라고. 어차피 이 학교에는 뭐 없어. 있는 거라곤 종 치면 올라오는 그 괴물 새끼들이 랑 책걸상이 전부고 이 안도 마찬가지야."

"그 마찬가지인 거 확인해보겠다는데 왜 안 비키는 데? 야, 너 지금 수상한 정도 그 이상이거든? 뭐, 여기도 저 지하처럼 괴물 나오고 그래? 아니면…, 설마 너 여기다가 사람 숨겼냐? 네가 죽여서 밖으로 못 나온 사람들 다 여기다 숨겨놨어? 이 미친 새끼, 여기다가 사람 가둬두고 못 나오게 막은 거면 어디 사지를 잘라 놓기라도 했냐? 그렇게 했으면 너는 인간도 아니다. 이미 인간이라면 하지도 않을 짓 저지른 지 오래지만!"

"시발, 여기 아무것도 없다면 없는 걸로 알아듣고 조용히 있어! 여기다가 내가 왜 사람을 숨겨. 나를 대체 뭐라고 생각하는 건데! 그딴 개소리 할 시간 있으면 곱게 나가, 꺼지라고!"

지우가 거의 악을 쓰다시피 소리를 지르며 재영을 노려봤지만, 재영은 날 선 시선에도 별로 겁먹거나 당황한 기색이 아니었다. 오히려 코웃음을 치면서 지우의 태도를 비웃는 기색을 숨기지 않았다. 날 선 대립을 세우는 지우와 재영 덕분에 죽어나는 것은 그 사이에 긴 정윤이었다. 자신은 그저 도서실 안을 둘러보는 것만 생각하고 있었는데, 이렇게 당장이라도 누구 하나 때릴 것 같은 싸움이 일어날 것까지는 상상도 하지 못한 탓에 더욱 진이 빠지는 심정이었다. 결국 고민하던 정윤은 두 사람 사이로 끼어들어서 싸움을 가로막았다.

"저기, 저, 지금 두 사람 다 화난 거 알겠는데 일단 진정해보세요. 일단, 저희가 저 안에 들어가서 조금만 둘러보고 오면 안 되는 이유가 있을까요? 저 안에 정말로 괴생명체가 있는 거면 그렇다고 해주시면 되고, 다른 이유가 있으면 그걸 말씀해주시면 되는 거잖아요. 이렇게 싸워봐야 아무한테도 도움 되는 게 없어요."

정윤의 조금은 다급한 설득에 지우는 살짝 누그러진 것인지 날 선 시선을 거뒀다. 하지만 정윤 너머로 보이는 재영과 눈이 마주칠 때면 대놓고 인상을 쓰기 바빴다. 그것은 재영 역시 마찬가지라서 지우에 대한 불쾌한 시선을 딱히 피하지도 않았다. 잠시 말이 없던 지우는 한숨을 내쉬며 입을 열었다.

"어차피 도서실은 내가 잠가둬서 열쇠 없으면 못 열어요. 지금 들어가려고 해도 절대 못 열걸요."

"그럼 잠깐만이라도 좋으니 열어줄 수 있어요? 정말로 그 안에 별거 없으면 바로 나올게요."

"뭐, 안 열어주면 내부에 숨만 붙여놓고 살려둔 사람들이라도 있는 거겠지."

재영의 비아냥에 지우는 말을 멈추고 재영을 노려봤다. 재영은 딱히 겁을 먹은 눈치는 아니었지만 정윤은 순식간에 바뀐 지우의 시선에 몸을 흠칫 떨 수밖에 없었다. 안광이 죽어버린 상태로 재영을 빤히 바라보는 지우는 당장이라도 재영에게 무슨 화를 끼칠 것 같은 상태였다. 정윤의 머릿속에 조금 전 재영이 들려준 지우의 이야기가 생각났다. 혹시라도 재영이 화를 입을까 봐 급히 재영을 말리려 했지만, 그때 지우의 입에서 나온 이야기는 뜻밖이었다.

"…열어줄게요. 어차피 둘러봐도 별거 없을 거지만."

지우가 주머니를 뒤적거리다가 열쇠 하나를 꺼내 열쇠 구멍에 넣고 돌렸다. 찰칵, 하는 소리가 들리고 지우가 문손잡이를 밀자 문이 힘없이 열렸다. 문이 열리자 은은한 비린내가 흘러나왔다. 학교를 모방한 이 이상한 공간에 온 이래로 처음 맡아보는 냄새였다. 지우가 정윤에게 말했다.

"그쪽 먼저 들어가요."

재영이 의아하다는 듯 물었다.

"굳이?"

정윤이 급히 재영을 바라보며 고개를 저었다. 굳이 그런 사소한 사실로 트집을 잡아서 상황을 악화시키지 말라는 무언의 표시였다. 뜻을 알아들은 것인지, 재영은 조금 불만스러운 표정이긴 했지만 더 이상 입을 열지는 않았다. 정윤이 열린 문틈 사이로 일단은 머리만 밀어 넣은 채 조심스레 안을 들여다보았다. 그나마 학교 복도나 교실은 창문이라도 있어서 희미한 빛이 들어와 뭐라도 보였는데, 도서실은 창문이 없어서 그런지 캄캄하기 그지없었다. 그 와중에 도서실 안으로 고개를 넣으니 비린내가 더 심해져서 정윤은 자신도 모르게 인상을 썼다. 여기만 왜 이런 냄새가 나는 것인지는 알 수 없었다. 아주 조금 어둠이 걷히고 보이는 도서실 내부는 평범한 도서실처럼 보였기에, 겉으로 보기엔 특이한 사항은 다른 교실들과 마찬가지로 보이지 않았다.

"여기 제대로 보이는 게 없는…."

그때였다. 순식간에 등이 떠밀려지는 느낌과 함께 정윤의 몸이 앞으로 기울었다. 정윤은 두 팔을 휘적거리거나 중심을 잡을 새도 없이 그대로 도서실 바닥에 엎어졌다. 대리석 바닥에 엎어진 거라 딱딱한 바닥에 박은 무릎과 팔에 통증이 느껴졌다.

"뭐야!"

"내가 시발, 널 그때…."

재영과 지우의 그 말을 끝으로 문이 빠르게 쾅, 하고 닫히더니 철컥거리며 문 바깥쪽의 열쇠가 돌아가는 소리가 들렸다.

〔 **5** 〕

　정윤은 통증도 잊은 채 몸을 일으켜서 문을 두들겨
보고 손잡이를 돌려봤지만 굳게 잠긴 문은 열릴 기미
를 보이지 않았다. 정윤이 문을 세게 두들겼다.

　"문 열어주세요! 왜 이러시는데요!"

　바깥에서 무어라 대화를 나누는 소리가 들렸지만
정확히 무슨 이야기인지는 들리지 않았다. 몇 번이고
문손잡이를 돌리고 문을 두들겨봤지만 돌아오는 대답
은 없었다. 이윽고 문 너머에서 요란한 소리가 들리자
상황이 점점 악화되고 있는 것 같다는 판단에 정윤이
더 세게 문을 두들겼다. 그러나 여전히 대답이 돌아오
지 않자, 결국 정윤은 문을 열려고 시도하는 행동을

포기한 채 뒤를 돌아보았다.

무엇이 있는지 제대로 보이지도 않을 수준의 어둠만이 눈앞에 펼쳐져 있었다. 바깥에서는 무슨 일이 있는 것인지 언성이 높아지고 있었다. 정윤은 이 상황에서 자신이 무엇을 할 수 있는지에 대해 생각해보았다. 문을 부수려고 시도하는 것은 아무리 봐도 무리였다. 자신의 힘으로는 턱없이 부족했고 문을 부술 수 있는 도구는 아예 보이지도 않았다. 그렇다고 이곳에 가만히 있을 수는 없었다. 언제까지 이곳에 갇혀 있을지 알 수 없는 상황에서 조용히 문이 열리기만을 기다리는 것은 말도 안 되는 이야기였다. 숨이 가빠오는 기분이었다. 한동안 잊고 있었던 습한 공기가 다시 숨통을 조였다. 정윤은 눈을 질끈 감았다 뜨기를 서너 번 반복했다. 안타깝게도 눈을 감았다 떠도 제대로 보이는 광경은 없었다. 최대한 숨을 고르게 쉬려고 노력하면서, 정윤은 우선 천천히 손을 휘저었다. 허공을 헤집다가 손끝에 까끌까끌한 콘크리트 벽이 닿고, 천천히 옆으로 나아가면서 더듬어보니 손끝에 스위치 같은 것이 닿았다. 그러나 그 스위치를 힘주어 눌러도 달칵거리는 소리만 들릴 뿐 아무것도 달라지는 것은 없었다. 불은 켜질 기미조차 없었다. 잠깐이라도 불이 켜져서 도서실 내에 있는 필요한 도구들을 찾는 데 도움을 받을 수 있을 것이라고 기대했던 정윤에게는 가혹한 사실이었다.

정윤은 이제 어떻게 해야 할지 최대한 침착하려 노력하며 숨을 고르고 생각을 정리하려 했다. 현 상황에서 그나마 시도해볼 법한 행동은 허공을 더듬어보면서 주변을 둘러보는 것이었기에, 손을 앞으로 뻗은 채로 천천히 걸음을 옮겨보았다. 원래 학교의 도서실이 어떤 구조였더라. 공황이 오기 직전이라고 해도 과언이 아닐 정도의 순간에서도 정윤은 최대한 침착함을 유지하여 애쓰며 허공에 손을 뻗고 천천히 걸음을 옮겼다. 바깥의 소리는 더 이상 신경 쓸 수가 없었다. 무엇보다도 바깥에서는 맡아볼 수 없었던 비린내 때문에 이 공간 안에 어쩌면 무언가가 있을 수도 있다는 생각이 드니, 침착하려고 해도 두려움이 드는 것은 어쩔 수 없는 일이었다.

정윤의 손에 딱딱한 것이 닿았다. 별것 아니었지만 바짝 긴장하고 있었던 상황이기 때문에 정윤은 몸을 흠칫 떨었다. 천천히 더듬어보니 세로로 길고 거친 질감이 느껴졌다. 그것이 책장이라는 사실을 알아차리자 정윤은 그제야 안심할 수 있었다. 허공에 손을 휘저어봐도 뭔가 잡히거나 기척이 느껴지는 일은 없었기에, 그래도 도서실 안에 이상한 괴생명체나 다른 사람 같은 건 없다는 생각이 들었다. 그리고 그렇게 조금은 긴장을 푼 그 순간, 정윤의 다리에 무언가 걸렸다. 그것이 무엇인지 판단을 내리기도 전에, 정윤은 그대로 몸이 앞으로 기울어지면서 앞으로 고꾸라졌다.

"악!"

정윤이 자신도 모르게 짧은 비명을 내질렀다. 지우가 밀어버린 탓에 박았던 무릎을 다시 한번 바닥에 박으니 정말 뼈라도 부러진 것 같은 통증이 느껴졌다. 정윤이 무릎을 부여잡고 앓는 소리를 냈다. 무릎에 통증이 느껴지긴 했지만 다행히 움직이는 데 큰 지장은 없었다. 놀란 마음을 간신히 진정시키고서 상체를 일으킨 정윤은 천천히 바닥을 더듬어 발이 걸린 물체의 정체를 알아내려 했다. 그 순간 자신도 모르게 재영의 말이 떠올랐다. 설마 사람의 신체는 아니겠지, 쓸데없는 생각이 들자 괜히 겁이 나 바닥을 더듬던 정윤의 손이 순간 멈칫했다. 그래도 여태 인기척조차 없었는데 사람일 리 있겠나 싶어서, 쓸데없는 생각은 하지 않으려 애쓰며 바닥을 더듬어 내려갔다.

얼마 지나지 않아 무언가에 걸렸던 발 근처에서 무

언가 딱딱한 막대기 같은 것이 손에 잡혔다. 아주 다행히도 사람의 팔이나 다리는 아니었다. 정윤은 조심스레 그 물체를 더듬어본 후에야 마치 대걸레 같은 기다랗고 두께가 있는 막대라는 사실을 알아차릴 수 있었다. 그리고 막대의 끝에는 거칠고 딱딱한, 그리고 가로로 넓적한 무언가가 달려 있었다. 막대를 쥐고 들어보려 하자 넓적한 무언가가 달린 쪽에서 상당히 묵직한 느낌이 들었다. 들고 사용하는 것 자체가 무리일 정도는 아니었지만 계속 들고 다니거나 연달아 사용하는 것은 어려울 정도의 무게였다.

제대로 보이지는 않았지만 정윤은 이것의 정체를 대충이나마 짐작할 수 있었다. 정윤의 다리가 걸려서 넘어지도록 만든 것은 망치가 분명했다. 그런데 왜 망치가 도서실 바닥에 있는지는 알 수 없었다. 아무리 생각을 해보려 해도 계속 머릿속에는 재영이 했던 말과 뒤섞여서 '설마 사람을 죽일 때 썼던 도구인가?'라는 생각만이 스멀스멀 기어 올라왔다. 상황이 상황인만큼 지우에 대한 부정적인 생각이 쉽게 가라앉지를 않았다. 다시 한번 두 눈을 질끈 감았다가 뜬 정윤은 일단 망치를 집어 들었다. 뭐라도 챙겨놔야 조금이라도 도움이 될 듯싶었다. 그리고 망치라면 혹시라도 바깥에서 계속 문을 열어주지 않을 때 문을 부수려는 시도에 대해 도움이 될 것 같다는 생각이 들었다.

바깥에서 다시 종소리가 들렸다. 정윤은 본능적으로 '최소한 다시 종소리가 들릴 때까지는 이 문이 열리지 않을 것이다.'라는 생각을 했다. 그리고 정말로 종소리가 울린 후에도 도서실 문은 열릴 기미를 보이지 않았다. 정윤은 일단 도서실을 조금 더 더듬어보면서 돌아다녀보기를 선택했다. 한 손에는 망치를 꼭 쥔 채 나머지 한 손으로는 허공을 더듬어가면서 혹시라도 무엇이 있는지, 천천히 걸음을 옮겼다. 그래도 비상시 쓸 수 있는 도구 하나를 얻었다고 두려움이 꽤 사라지는 기분이 들었다. 그리고 그 순간 깨달은 사실은 점점 안쪽으로, 깊은 곳으로 들어갈수록 비린내가 점점 심해진다는 사실이었다. 이곳에서 이렇게까지 비린내가 심해질 이유가 있는지 생각해보던 중, 정윤의 손끝이 다시 한번 딱딱한 무언가에 닿았다. 대충 더듬어보니 도서실의 끝에 도달한 것인지 벽으로 추정되는 촉감이었다. 그리고 비린내는 다른 공간에서 나던 것보다 더 심하게 코를 찔렀다. 정윤은 자신도 모르게 코를 틀어막았다. 주변을 둘러봐도 하도 어두워서 보이는 것은 없었지만 본능적으로 자신이 서 있는 곳에 뭔가가 있다는 사실은 눈치챌 수 있었다. 정윤이 천천히 다시 손을 뻗어서 벽을 더듬어보았다. 손에 잡히는 것은 없었지만 벽을 훑듯이 더듬어보니 손끝에 무언가 묻어 내는 것이 느껴졌다. 가루의 느낌은 아니었고, 손끝을 맞대고 비벼보니 살짝 질척한 느낌이 들었다. 정윤은 그 순간, 아무것도 보이지 않았지만 이곳에 더 이상 서 있으면 안 될 것 같다는 생각이 들었다. 이곳에 서 있어서 좋을 것 없다는 판단이 들자 천천히 뒤를 돌아서 한 걸음씩, 책장에 부딪히지 않도록 손을 뻗어 휘저으면서 왔던 길로 되돌아갔다.

종이 다시 울릴 때쯤이 돼서야 정윤의 손끝이 조금 전의 스위치에 닿았다. 조금 더 벽을 더듬어서 손잡이가 잡히자 문 근처에 닿은 것을 확인한 후에야 아주 조금은 긴장을 풀 수 있었다. 하지만 쉽게 진정할 수는 없었다. 보이지는 않았지만 자신이 맡은 냄새와 손끝의 느낌이 너무 생생해서 춥지 않음에도 몸이 떨렸다. 어쩌면 보지 않는 것이 나은 상황이겠다는 생각까지 들 정도였다. 조심스레 등을 벽에 기댄 채 주저앉은 정윤은 숨을 고르려 눈을 감았다. 뭐라도 잡고 의지하고 싶은 마음에 한 손에 들려있던 망치 손잡이를 두 손으로 꼭 잡았다.

손에 들린 망치로 지우를 협박하면 통할까? 재영과는 무슨 대화를 나눴을 것이며, …그보다 재영은 괜찮은 것일까? 조금 숨을 고르고 나자 정윤의 머릿속에 든 생각은 재영의 안위였다. 조금 전 문이 잠기기 직전에 지우가 잔뜩 열을 내던 것이 계속 맴돌았다. 그리고 만약 재영에게 무슨 일이 생겼다면, 그다음으로 해를 입을 수 있는 대상이 자신이라는 사실은 누가 말해주지 않아도 알 수 있는 점이었다. 그 생각까지 하니 다시 한번 갑갑해지는 기분이었다. 처음 괴생명체를 마주했을 때 홀로 숨으면서 느꼈던 갑갑한 기분이 다시 느껴지는 것 같았다.

그때였다. 철컥, 문 잠금이 풀리는 소리가 들렸다. 멍하니 생각에 잠겨 있던 정윤은 몸을 파드득 떨면서 소리가 난 쪽으로 고개를 돌렸다. 곧이어 문이 열리고 지우가 상체를 문 안으로 들이밀었다. 손에 들린 망치로 지우를 내리칠까? 아주 찰나였지만 정윤은 극단적인 생각을 하고서 스스로 당황했다. 아무리 그래도 사람을 죽일 자신은 없었다. 대신 정윤은 두 손으로 쥔 망치를 지우 앞으로 겨눴다. 정윤이 망치를 들고 있을 것이라는 생각은 아예 하지도 못했는지 지우가 당황한 표정을 지으면서 몇 걸음 물러섰다. 천천히, 지우는 뒤로 물러서고 정윤은 도서실 밖으로 걸어 나왔다. 그리고 재영은 보이지 않았다.

"…일단 진정해요."

"어딨어요?"

"아까, 아까 종 치고 나갔어요. 여기 지긋지긋하다면서 나갔어요. 걔 원래 그런 애예요, 뭐 하나 마음에 안 들면 제 마음대로 하는 타입."

거짓말이었다. 분명 재영은 자신에게 도서실을 둘러보고 지하실을 보자고 했는데, 실제로 재영의 성격이 자신도 모르는 변덕스러움이 있다고 해도 몇 분 사이에 갑자기 마음을 바꿔서 떠나버리는 것은 말이 맞지 않았다. 아니, 설령 마음을 바꾼 것이 맞는다고 해도 정윤은 믿을 수 없었다. 재영에 대해 계속 경계하고 날을 세우던 지우의 태도와 재영에게 들은 말, 그리고 자신을 도서실에 밀어 넣고 가둬둔 일까지 겹치니 지우의 말을 도저히 믿을 수가 없었다. 정윤이 천천히, 한 걸음씩 걸음을 옮겼다. 지우는 공격할 의사가 없다는 듯이 두 손을 들어 보인 채 뒤로 물러섰다.

"걔가 나에 대해서 무슨 말을 했는지는 모르겠는데, 그거 다 거짓말이에요. 우리 둘이 사이가 안 좋아서, 그래서 거짓말한 거고요. 걔는 이렇게 우리 사이에

분열 생기는 걸 원했던 거예요. 그러니까 일단 진정해요. 여기에서 중요한 건 서로를 믿고 의지하는 거잖아요, 안 그래요? 내가 그동안 무슨 해 끼친 게 있어요?"

"말 돌리지 마요. 그런 말 할 거면 진짜로 그 사람 어디 갔는지부터 말해요. 여기서 나갔다는 말 못 믿겠으니까."

정윤의 질문에 지우는 대답하지 못했다. 오히려 당황한 상태에서 어떻게 대답해야 할지 머리를 굴리느라 두 눈의 시선이 방황하는 모습이 적나라하게 보일 정도였다. 지우의 태도에 정윤은 자신의 추측에 확신이 실리는 것을 확인하고서 쥐고 있던 망치 손잡이를 더욱 힘줘 잡았다. 지우가 자신에게 공격을 할 것처럼 보이지는 않았지만 재영에게 어떠한 해를 가한 것이 기정사실화된 만큼 혹시라도 발생할 수 있는 상황에 어떻게든 대비를 해야 했다.

"그냥 나 믿어요. 지금 이 공간에 있는 거, 당신과 나 외에는 저 말도 안 통하는 괴물들 뿐인데, 결국 우리가 믿고 함께 행동하는 것 말고는 방법이 없는 거 알잖아요?"

"그럼 일단 내가 묻는 거에 대답해요. 여기서 나가는 방법은 왜 없다고 거짓말했어요? 왜 괴물들 중에

당신 얼굴 있는 괴물이 있는 거죠? 그리고… 왜 사람들 죽인 거 숨겼어요? 여기서 빠져나오지 못했다는 사람들은 왜 자취를 감췄어요? 왜 계속 물어보는데 질문에 대한 답변이 안 오고 계속 이상한 의문들만 생기게 만드는 건데요!"

결국 참다못한 정윤이 지우를 향해 큰 소리를 내자 지우는 그제야 거짓말이나 적당히 얼버무리는 것으로 넘어갈 수 없다는 상황을 깨달았는지 걸음을 멈추고 아차 싶은 표정을 지었다.

"대답해요, 빨리!"

"…일단 어디에 숨을지 찾아보고 나서 얘기해요. 지금 곧 종 치니까, 먹히면 안 되잖아요. 그러니까 일단 숨을 곳을 찾고 나서 거기 숨으면 그때 다…."

"지금 그 말만 몇 번을 반복했는지 알아요? 그런 핑계 대지 말고 지금 당장 다 얘기해요! 사람 안 죽였다고 핑계 댈 시간에 뭐라도 해명했으면 지금 내가 이러고 있지도 않을 건데!"

지우가 정윤의 큰 소리에 입을 다물었다. 그리고 아무리 머리를 굴려도 빠져나갈 방법이 없다고 판단한 것인지 결국 한숨을 크게 내쉬고선 입을 열었다.

"…걔는, 안 죽였어요. 이건 정말이에요. 문 잠그고

나서 다툰 건 사실이지만, 정말로 내가 직접 해를 끼치거나 그러지는 않았어요. 그리고 그쪽을 도서실 안에 밀어 넣었던 건, 걔랑 저의 싸움에 괜히 끼게 만들어서 곤란하게 만들고 싶지 않아서 그랬던 거뿐이에요. 그게 진짜 이유고, 그렇게 갑작스럽게 넣었던 건 미안해요. 진짜예요."

정윤이 지우의 표정을 살폈다. 조금 전과는 달리 정윤의 두 눈을 마주 보고 대답하는 것을 보니 거짓말은 아닌 눈치였다.

"그럼, 어딨는데요."

"그게…."

"대답해요, 지금 대답 안 하면 나 진짜로 그쪽 못 믿어요."

"…그래도 그동안 내가 도와줬던 게 있는데, 나 못 믿어요? 내가 숨는 것도 도와주고, 대신 그 괴물 새끼한테 먹히기까지 하고, 이곳 돌아다니는 것도 같이 돌아다녀줬는데?"

그 사실 자체는 맞았다. 하지만 그렇다고 해서 지우에 관한 의문들이 해결되는 것은 아니었다. 정윤이 잠시 멈칫하자 자기 말이 통했다고 생각한 것인지 지우가 말을 이어 나갔다.

"혼란스럽겠지만 지금 상황이 상황인 만큼 이렇게 갈라서는 거 좋지 못하다고 봐요. 그러니까 화나는 것도 다 이해하고, 지금 혼란스러운 것도 이해하는데, 이렇게 서로 싸우지는 말자고요. 궁금한 건 여기서 조금만 더 있다 보면 다 해결을 해줄 테니까요. 걔 말에 현혹되어서 증거도 없는 말에 넘어간 거 같은데, 나는 못 믿는데 걔는 믿어요? 만난 시간이 나보다 더 적은 걔를?"

"음….."

"믿을 거면 나를 믿어야죠. 그러니까 일단 그거 내려놔요. 그걸로 나 때릴 것처럼 굴면서 질문에 대답하라고 하면 나도 사람이라서 대답해주기 싫고 겁나고 그러거든요? 천천히, 그거 일단 바닥에 내려놔요. 그러면 다 대답해줄게요. 이건 진짜예요."

지우가 어서 망치를 내려놓으라는 듯 손짓을 했다. 그러나 정윤은 쉽게 망치를 내려놓을 수 없었다. 망치를 섣부르게 내려놓기엔 재영이 어디 있는지도 확인되지 않은 상태였고, 이미 수도 없이 대답을 미룬 전적이 너무 많은 지우였다. '이번에는 확실히 대답해주겠지.'라는 막연한 믿음만으로 행동하는 일은 사실상 불가능했다.

지우의 회유에도 정윤이 망치를 내려놓지 않자 지우도 살짝 기분이 상했는지 부드러운 표정을 지으려 하는 것을 포기하고 인상을 썼다.

"궁금한 거 많다면서 이런 식으로 나올 거예요? 그리고 이거 되게 배은망덕한 행동인 거 알고는 있죠? 자기를 도와준 사람한테 이렇게 나오고 만난 지 얼마 안 된 사람 말은 철석같이 믿는 거, 그렇게 기분 좋지는 않아요."

"…그렇게 따지면 그쪽은, 나 먹힐 위기에 놓여 있을 때 혼자 도망치려고 했었잖아요. 왜 계속 그거는 빼고 얘기해요?"

"아니, 그때는 뒤쪽으로 나가서 도와줄 생각이었어요. 내가 이곳에서 머문 시간이 얼마나 됐는지도 기억이 안 날 정도인데 다 의도가 있는 행동이었을 거라는 건 고려를 안 했어요? 아냐, 괜찮아요. 다 용서해줄 수 있어요. 그러니 일단 지금은 숨을 곳부터 찾아요. 여기서 시간 너무 끌어서 곧 종 울릴 거 같으니까."

지우는 당연하다는 듯이 정윤에게로 손을 내밀었다.

"가요, 지금까지 있었던 일은 다 없던 일로 해줄 테니까, 일단 근처 교실에 숨어요. 아니면 조금 서둘러서 양호실 갈래요?"

지우가 손을 내민 채로 정윤에게 한 걸음 다가갔다. 그리고 그 순간 정윤은 한 걸음 뒤로 물러섰다. 계속해서 숨기는 것이 생겨나고 누군가를 해한 것으로 보이는데 태연하게 구는 사람하고 같이 다니고 싶지 않았다.

"…나갈 거예요."

"…네?"

"…아까 다 들었어요, 여기서 영영 살아야 하는 건 거짓말이고 나가는 방법 있다면서요. 이 학교에 돌아볼 곳이 더 이상 없고 지하는 그 괴물들 때문에 가볼 수도 없다면, 차라리 나가서 돌아다녀보는 것도 하나의 방법일 거 아니에요. 그럼 차라리 밖에 나가볼게요. …여긴 여러 의미로 더 이상 있을 수 없을 거 같아요."

예상 밖에 있던 대답이었는지 지우의 표정이 당혹스럽다는 듯 일그러졌다. 왜 그 정도로 당황하냐고, 대답을 제대로 해주지 않았을 때부터 예상한 바 아니었냐고 묻고 싶었지만 묻는다고 지우의 정확한 속내를 알 수 있을 것 같지는 않아서 정윤은 입을 다물었다. 천천히 정윤은 걸음을 옮겼다. 종이 울리기 전에 문 앞으로 향해서, 종이 전부 다 울리면 그대로 문을 열어볼 생각이었다. 재영과 같이 나가지 못하는 것이 마음에 걸렸지만 일단 지우와 함께 있기 힘든 이 상황에서 택할 수 있는 가장 최선의 선택지가 바로 이것이었다. 재영의 머리채를 잡으려 했던 지우가 자신이 등을 돌리는 순간 무슨 짓을 할지 몰라서, 정윤은 지우를 등지지 않으려 하며 천천히 걸음을 옮겨 뒷걸음질로 복도 방향으로 걸어갔다. 지우의 시선이 정윤에게 따라붙어서 떨어질 기미를 보이지 않았다. 그러다 천천히 정윤을 따라 한 걸음씩 옮기기 시작했다.

"…나가지 마요. 궁금한 거 다 대답해줄 테니까 여기 있어요. 여기, 여기만큼 안전한 곳도 없고, 그나마 이곳이 이 세상에서 가장 살기 좋은 곳이에요. 이거는 진짜예요, 여기 밖으로 나가면 크게 후회할걸요? 나 믿고, 일단 그거부터 내려놔요."

"그 말을 어떻게 믿어요. 그런 말 할 거였으면 진작 대답해줬어야지. 애초에 나갈 방법이 있었는데 아예 이곳에서 못 나간다고 했을 때부터, 처음부터 끝까지 다 거짓말이었던 거잖아요, 안 그래요?"

"아냐, 못 나간다고 했던 건 다 이유가 있어서 그래요! 바깥엔 이곳보다 더 많은 괴물이 있어서 그래요. 이곳보다 더 많고 더 사나운 괴물들이 있는데, 거긴 숨을 곳도 없고 말 그대로 쉬지도 못하고 계속 뛰어다니고 평생 언제 괴물들이 튀어나올까 경계하면서 살아야 해요. 그래서 일부러 거짓말한 거예요. 혹시라도 바깥에 나가서 끔찍한 일 당할까 봐, 다 그쪽 생각해서!"

재영의 말과 정확히 반대되는 발언이었다. 아직 학교 밖으로 나가본 적이 없으니 누구의 말이 옳은지는 쉽게 판단할 수 없었지만, 그나마 조금 더 신뢰 가는 쪽을 고르자면 재영의 말이었다. 아무리 생각해도 정윤이 자신을 믿는 눈치가 아니었고 믿을 기색도 보이지 않자 지우는 상황 자체가 불만인지 살짝 입술을 깨물었다.

"이렇게 있다가 숨을 곳도 제대로 찾지 못한다면 우리 둘 다 그대로 먹히는 거 알잖아요. 그 괴물들 봤으면서 왜 이렇게 굴어요? 그러니까 그거 내려두고, 일단 숨고, 괴물들 다 지나가면 그때 다시 얘기해요."

"아냐, 난 그냥 먹힐 테니까 그런 말 하지 말고 내가 아까 했던 질문들에 대답해요. 어차피 그 괴물들한테는 먹혀도 시간 지나면 다시 살아난다면서요. 그러니까 계속 숨어다니면서 시간 끌 생각 하지 말고, 대답부터 해요. 난 그냥 괴물한테 잡아 먹히는 한이 있어도 내 질문들에 대한 대답을 듣고 갈 거니까."

"…그렇게까지 한다고요?"

"날 결국 이렇게 하게 만든 게 그쪽이에요. 이렇게까지 해야 결국 말이 통할 거니까!"

정윤은 망치의 머리를 지우를 향해 겨누고 있는 채로 뒷걸음질 치다가 그대로 뒤돌아서 망설임 없이 중앙현관 방향을 향해 달려 나갔다. 바깥에 무엇이 있는지 간에 빨리 이 공간에서 나가고 싶다는 생각만이 가득했다.

"잠깐, 잠깐만!"

뒤에서 급히 정윤을 따라 달려오는 발소리가 들렸다. 발소리는 점차 가까워지고 있었다. 정윤의 눈앞에 괘종시계가 보였다. 시계가 보이자마자 정윤은 멈춰서서 뒤로 돈 뒤 다시 망치를 겨누었다. 달려오던 지우가 급히 걸음을 멈추었다. 둘 사이에 팽팽한 긴장감이 맴돌았다. 누구 하나 각자의 의견을 굽힐 뜻이 없어 보였다. 얼마나 시간이 흘렀을까, 괘종시계가 요란한 소리를 내며 울렸다. 바로 옆에서 소리를 들으니 귀가 터질듯이 아파서 지우는 물론 정윤 역시 급히 두 손으로 귀를 틀어막았다. 그렇게 귀를 틀어막은 와중에도 종이 다 울리면 바로 나가려고 시도하려 눈은 몇 걸음 떨어진 중앙현관에 고정한 채였다. 귀가 아플 정도로 울리던 종이 다 울리고 주변이 조용해지자 정윤은 바로 현관 쪽으로 달려 나가려 했다. 그리고 그 순간, 지우가 빠르게 정윤에게 달려와 팔목을 꽉 잡았다. 어찌나 힘줘서 잡았는지 정윤은 지우에게 이런 힘이 있었는지 놀라 당황한 표정을 숨기지 못할 정도였다.

"가지 마요. 내가 말했잖아요, 바깥보다 여기가 그나마 안전하다고."

"내가 무슨 근거로 그쪽 말을 믿냐고요. 지금 뭐 하나 해명된 것도 없고, 그냥 나가지 말라는 말만 반복하는 중인데! 놔요, 아니면 내가 물어봤던 것들 대답해주든가!"

지우는 뭐가 그렇게도 난처한 것인지 우물쭈물하는 와중에도 정윤의 손목을 놓지 않았다. 그 와중에 지하로부터 올라가는 계단을 타고 무언가 올라오는 소리가 들렸다. 서서히 위로 올라오는 질척한 소리가 들리자 지우는 정윤의 손을 잡아끌었다.

"빨리, 일단 몸 숨겨요. 여기서 정말 먹히고 싶은 거예요?"

"아니, 나 안 간다고요! 손 놔요, 놓으라고! 먹히는 거고 뭐고 일단 이거 놓으라니까요!"

지우와 정윤이 설전을 벌이는 와중에도 지하로부

터 무언가 올라오는 소리는 점차 가까워지고 있었다. 정윤이 지우의 손에서 팔을 빼내려고 힘을 줘서 당기다가 간신히 빼낸 그 순간, 몸의 중심이 뒤쪽으로 쏠리며 휘청이던 와중에도 고개를 옆으로 돌린 정윤은 계단을 오르고 있는 괴생명체와 눈이 마주쳤다. 아까 잠시 마주했던, 지우의 얼굴을 하고 있는 달팽이 생명체였다. 지우의 얼굴과 똑같이 생긴 머리는 뭔가를 먹은 것인지 시뻘건 피로 범벅이 되어 있었다. 그리고 그 머리의 이빨에는 금색 목걸이가 하나가 걸려 있었다. 아주 잠시 스쳐 지나가듯 본 목걸이였지만, 아까 재영이 챙겼던 것임은 어렵지 않게 알아볼 수 있었다. 정윤이 경악하는 표정으로 지우를 바라보았다. 지우는 무언가 말을 하려는 것처럼 입을 움찔거리다가 결국 정윤을 등진 채 그대로 도망갔다.

정윤은 자신도 빨리 밖으로 나가야 한다는 사실을 자각했다. 지우가 달려간 방향으로 기어가는 달팽이 형태의 생명체 뒤로 기이하게 생긴 생명체들이 하나둘 올라오고 있었기 때문이었다. 아주 잠깐 어떻게 해야 할지 그대로 사고가 정지되었던 정윤은 급히 정신을 차리고 중앙현관을 향해 달려갔다. 분명 아까 의자를 던졌을 때는 꼼짝도 안 하던 문이 과연 열릴 것인지는 알 수 없었지만, 지금 선택할 수 있는 길은 이것뿐이었다. 정윤은 눈을 질끈 감고 손을 그대로 뻗어서 몸을 날리며 중앙현관문을 밀었다.

그리고 그 순간, 중앙현관문이 힘없이 확 젖혀지면서 정윤은 그대로 바닥에 무릎과 몸을 그대로 박고 말았다. 예상했던 것보다 더 쉽사리 문이 열린 탓에 거친 돌바닥에 요란한 소리를 내며 무릎을 찧은 정윤은 비명도 못 지르고 무릎을 부여잡은 채 고통스러워했다. 지우의 '나갈 수 없다'는 말이 거짓이었다는 점을 생각할 수 없을 정도로 아팠다. 한참을 아파하다가 퍼뜩 정윤을 뒤따라올 것처럼 보이던 괴생명체 생각이 나 고개를 돌려보니, 눈에서 뿔이 자라난 소 몸의 생명체가 정윤 쪽으로 고개를 향하고 있는 모습이 보였다. 하지만 문 너머로 나올 생각이 없는 것인지, 아니면 문밖으로 나오지 못하는 것인지 한동안 정윤이 있는 방향으로 서 있다가 그대로 발걸음을 옮겼다.

〔 **6** 〕

　정윤은 아픈 무릎을 부여잡은 채 자리에서 일어났다. 몇 걸음 뒤로 물러서니 중앙현관 유리문을 사이에 둔 채 지하에서 괴생명체들이 나오는 모습이 더욱 선명하게 보였다. 사람의 머리를 달고 있지만 그 외의 부분은 사람이 아닌 생명체들은 하나둘 지하로 향하는 계단을 타고 기어 나와서 학교 곳곳으로 향하고 있었다. 어쩌면 저 얼굴들 모두 다 지우처럼 누군가의 얼굴일지도 모를 일이었다. 한동안 그 자리에 서서 괴물들이 지하에서 나와 학교 내로 흩어지는 광경을 멍하니 바라보던 정윤은 고개를 돌렸다. 학교 밖으로 직접 나와서 보는 풍경은 안에서 보던 것과 완전히 달랐다.

하늘은 밤도, 그렇다고 낮도 아닌 검붉은빛과 진한 보랏빛이 어중간하게 뒤섞인 색이었다. 바람 한 점 불지 않아 학교 내부보다 더 습하다는 생각이 들었고 인적 하나 느껴지지 않을 정도로 고요하고 아무런 생기가 느껴지지 않았다. 그제야 눈에 들어온 것은, 저 멀리서 나무에 목을 맨 채 흔들리고 있는 사람들의 모습이었다. 이리저리 흔들리고 있었지만 아무리 봐도 바람 때문은 아니었다. 사람의 목이 졸리는 모습을 직접 본 적이 전혀 없었지만 숨이 막혀서 죽어가고 있는 모습이라는 사실은 어렵지 않게 알 수 있었다. 그 와중에 이미 몇 명은 숨이 끊어졌는지 더 이상 움직임이 없었다. 멀찍이서 봤는데도 고통스러워하고 있다는 점이 너무 잘 보여서 자신까지도 숨이 턱 막히는 기분이었다. 왜 저 사람들은 저기에 목을 맨 것일까? 아마 누군가 저 사람들의 목에 걸린 밧줄을 풀어주기 전까지 끊임없이 죽고 살아나는 순간을 반복하게 될 것이었다. 정윤이 자신도 모르게 침을 꿀꺽 삼켰다.

계속 학교 앞에만 서 있을 수는 없었으니 일단은 어디로든 움직여야 했다. 정윤이 눈을 감고 숨을 한번 크게 들이마셨다가 내쉬면서 호흡을 고른 뒤 일단 들고 나왔던 망치가 어디 있는지 찾기 위해 고개를 두

리번거렸다. 학교 바깥으로 나올 때 넘어지면서 놓쳤던 거 같은데, 그래도 혹시 모르니 가지고 가는 것이 좋을 것 같다는 생각이 들었다. 망치가 어디쯤 있을까 찾던 정윤은 대략 여섯 걸음 정도 떨어진 곳까지 날아가 있는 망치를 발견했다. 그래도 멀리, 외진 곳으로 날아간 것이 아니라는 생각에 내심 다행이라 생각하면서 망치를 집어 들려고 걸어가 허리를 굽힌 그 순간, 정윤은 뒤늦게 망치의 상태를 발견하고 움직임을 멈췄다. 망치는 머리 부분이 녹슬어 있었고 손잡이 부분은 뭔가가 묻었는지 검붉게 젖어 있었다. 저 검붉은 액체의 정체는 도서실에서 나던 비린내를 생각하면 굳이 말하지 않아도 알 수 있을 것 같았다. 정윤이 그제야 자기 손을 확인했다. 손에는 검붉은 액체가 묻은 채 말라 있었다. 어쩌면, 도서실이 조금이라도 더 밝았다면 정말로 끔찍한 꼴을 봤을지도 모르겠다는 생각이 들었다. 도서실이 칠흑같이 어두웠다는 사실이 다행인 건지 아닌 건지, 구분이 되지 않았다.

정윤은 망치를 코앞에 두고 잠시 머뭇거리다가 일단 집어 들었다. 도서실에서 망치를 발견했을 때와는 다른 감정이 들었다. 결국 몇 번 더 숨을 고르고 난 후에야 걸음을 옮길 수 있었다. 어디로 가야 할지는 정해지지 않았다. 학교 내부처럼 외부 역시 정윤의 기억과 동일하다면 우선 집으로 향하는 것도 나쁜 선택지는 아닐 것 같았다. 아니면 재영이 '학교 밖에 더 많은 사람이 있다'고 했으니 그 사람들을 찾아 나서는 것도 괜찮을 것 같았다. 어느 방향으로 향하든 우선 이 학교 밖으로 나가는 것이 좋을 것 같다는 생각에, 정윤은 한 손에 망치를 꾹 쥐고 숨을 고르며 걸음을 옮겼다.

그렇게 자신 있게 걸음을 옮긴 것이 무색하게, 정윤은 교문 앞에서 걸음을 멈췄다. 나무에 목이 매달린 채 늘어져 있는 사람들을 가까이서 보는 것은 멀리서 보는 것보다 더 큰 압박감이 느껴지는 광경이었다. 정윤이 망설이며 시간을 보내는 사이에 목이 졸려서 숨이 끊어진 것인지 사람들은 큰 움직임을 보이지 않았다. 어쨌든 학교 바깥으로 나가기 위해서는 이 사람들 사이를 지나가야 했기에, 정윤은 천천히 걸음을 옮겼다. 고개를 들면 머리가 아래로 꺾인 채 죽은 사람들과 눈이 마주칠 것이 뻔해서 최대한 위쪽을 보지 않으려 했다. 바짝 긴장한 채 걸음을 옮기던 정윤은 생각보다 많은 사람이 매달려 있다는 데 놀랐다. 정윤은 양옆을 신경 쓰지 않기 위해 노력해

야 했다. 그러던 중 희미하게 끄윽 거리는 소리가 들리
자 정윤은 순간 놀라 걸음을 멈췄다. 바로 정윤의 옆이
었다. 누가 들어도 목이 졸리면서 나는 소리였다. 발버
둥을 칠 힘도 없는지 숨통이 조여오는 소리만이 들리
자 아주 잠깐 정윤은 시간이 걸리더라도 이 목 매달린
사람들의 줄을 풀어줘야 하나 싶은 생각까지 했다. 그
러나 정윤 혼자 모든 줄을 다 풀어주기에는 너무 많은
사람이 매달려 있었다. 줄을 자르거나 풀기 위해 필요
한 도구도 없었고 맨손으로 나무에 꽉 묶인 줄을 푸
는 것은 무리였다. 결국 풀어주는 것을 포기한 채 눈
을 질끈 감고서 자신 옆에 매달린 사람들을 보지 않으
려 노력하며 교문 밖으로 달려 나갔다.

　학교의 종소리는 생각보다 컸다. 분명 바깥으로 나
왔음에도 학교 안에서 듣는 것과 다를 바 없을 정도
로 선명하고 크게 종소리가 들렸다. 이쯤 되니 안에서
종소리를 들었을 때 귀가 상하지 않은 것이 기적이라
는 생각이 들 정도였다. 정윤은 잠깐의 고민 끝에 원래
의 자기 집 방향으로 가보기로 했다. 어쩌면 재영이 말
했던 또 다른 사람들이 주택가 방향에 몰려 있을 수도
있고, 만약 그 사람들을 만나게 된다면 조금이라도 도
움을 받을 수 있을지 모른다는 생각이 들었기 때문이

었다.

집 방향으로 걸어가는 길에는 아무도, 정말 아무도 없었다. 학교에만 사람 사는 흔적 자체가 없는 것이 아니라 학교 바깥 역시 바람 한 점 불지 않았고, 사람 하나 다니지 않았다. 마치 모든 촬영을 끝마치고 사람들이 철수한 뒤 홀로 남은 영화 세트장을 거니는 기분까지 들 정도였다. 이렇게 돌아다니다가 사람들을 발견하지 못하면 조금 더 반경을 넓혀서 다녀봐야 할 텐데, 만약 그렇다고 한다면 대체 어디까지 가봐야 하는 것인지 감이 잡히지 않았다. 정윤은 찰나였지만 무작정 학교 밖으로 나와 별다른 계획 없이 일단 움직이고 본 자신의 행동을 후회했다.

"뭐라도 더 생각해보고 나올 걸 그랬나…"

그때였다. 반대쪽에서 사람이 하나 걸어 나왔다. 교복을 입은 그 사람은 멍하니 걸음을 옮기다가 인기척을 느꼈는지 정윤이 걸어오던 방향으로 고개를 돌렸다. 그리고 놀란 듯 두 눈을 크게 뜨다가 그대로 자신이 걸어왔던 방향으로 등을 돌려 뛰어갔다. 정윤 역시 놀란 것은 마찬가지라, 일단은 그 사람이 뛰어간 방향으로 쫓아 달렸다.

"잠시만요, 잠깐만!"

정윤의 요청에도 앞에서 달려가던 사람은 멈출 기미를 보이지 않았다. 슬슬 숨이 차서 앞에서 달리던 사람을 놓칠 것 같다는 생각이 들자 결국 정윤은 일단 머릿속에 생각나는 대로 말을 내뱉었다.

　"저도 피해자예요! 학교에서, 지우라는 사람에게 피해를 입었다고요!"

　그 말을 들은 사람은 그 자리에 그대로 멈춰 섰다. 정윤은 혹시라도 그 사람과 부딪혀서 넘어질까 봐 급히 달리는 발을 멈춰세워야 했다. 사실 따지고 보면 피해를 입었다고 할 만한 것은 없었지만, 일단 그렇게 안 하면 자신 앞의 사람이 영영 멈춰서지 않고 달려 나갈 것만 같았다. 멈춰서서 정윤을 바라보던 사람은 잠깐의 정적 후에 입을 열었다.

　"…학교에 언제 왔는데요?"

　"어, 얼마 안 됐어요. 참고서 가지러 왔다가 이곳에 우연히 온 건데, 지우 그 사람이 먼저 저한테 다가와서 도움을 주겠다고 했어요. 하지만 도움은 하나도 안 주고, 질문을 해도 계속 미루기만 하고…. 그러다가 재영이라는 사람도 만났는데 지우라는 사람이 뭐 어떻게 한 건지 갑자기 사라졌어요. 정말 그게 전부예요."

　"그 망치는…."

"이거, 이거 제 거 아니에요! 그 지우라는 사람이 잠시 저를 도서실에 가뒀는데 거기서 가져왔어요. 정말로, 절대 이거 제가 사용한 거 아니고, 저는 혹시 몰라서 호신용으로 챙긴 거예요!"

틀린 말은 아니었다. 적어도 정윤이 도서실에서 망치를 주운 것은 맞았고, 누군가를 해할 목적으로 그 망치를 가져온 것도 아니긴 했으니 말이었다. 정윤의 다급한 해명이 먹힌 것인지 앞에 서 있던 사람은 잠시 망설이다가 이내 알겠다는 듯이 고개를 끄덕였다.

"따라오세요."

정윤은 앞장서서 움직이는 사람을 보며 다행히 자신이 이상한 사람으로 오인당하지는 않았구나 싶어서 속으로 안도의 한숨을 내쉬었다.

정윤의 앞에서 걷는 사람은 주택단지의 깊은 안쪽까지 들어가서 걷다가 방향을 틀어서 아파트 단지로 들어섰다. 원래 세상에서는 넓고 비싸기로 악명높아서 '부잣집의 돈지랄'이라는 별명까지 붙은 아파트였다. 하지만 여기서는 차량용 차단 장치도 작동하지 않았고 경비원도 존재하지 않았다. 정문을 통과해 보안 장치가 꺼져 있는 아파트 안으로 들어서서 비상구 계단을 오르길 한참, 7층쯤 도달해서 로비의 문 하나를 여니 널찍한 내부가 드러났다. 그리고 그 널찍한 내부에는 또 다른 사람들이 늘어져 있었다. 모두 정윤처럼 교복을 입고 있었는데, 멍하니 천장만 바라보고 있거나 소파에 기대어 앉아서 창밖만 바라보고 있었다. 마치 전력 공급이 끊긴 로봇을 보는 기분이었다.

"언니들, 여기 사람 왔어요. 학교에서 왔대요."

그 말에 멍하니 바깥만 바라보던 사람들이 고개를 돌려서 정윤을 바라봤다.

"어, 저는 임정윤이라고 합니다!"

정윤의 자기소개에 사람들은 의례적으로 고개만 까딱 움직인 뒤 다시 다 죽어버린 눈으로 천장과 바깥을 바라봤다. 정윤은 이러한 사람들의 태도가 익숙지 않았지만 정윤을 데려온 사람은 오히려 이런 태도가 익숙한 것처럼 말을 이어갔다.

"언니들, 재영 언니가 걔한테 당한 거 같아요. 여기, 이 사람 말하는 거 들어보니까 걔가 뭔가 한 거 같아요! 지금이라도 우리가 가서 뭐라도 해야 하지 않을까요?"

"하긴 뭘 해…. 가지 마, 어차피 가도 할 수 있는 거 없어…."

"목걸이 가져온댔는데 결국 못 가져오겠네…. 어쩔 수 없어, 그냥 이렇게 있자…."

"그래도 우리 뭐라도 해야 하지 않을까요? 언니들, 제발 좀!"

'언니들'이라고 불린 사람들은 당황스러울 정도로 무기력한 태도를 하고 있었다. 정윤의 옆에 서 있던 사람은 속이 탄다는 표정을 지었지만 그것이 전부일 뿐, 별다른 조치를 취하지는 못했다. 그때 정윤은 재영의 말이 떠올랐다. 어쩌면 재영이 말한 그 '불안정한 상태'가 이 무기력한 태도를 얘기하는 것일지도 모른다는 생각이 들었다.

"적당히 방 안내해드리고 쉬었다 가시라고 해. 우린 그냥 이렇게 있을래…"

'언니들'이 여전히 뭔가 할 기색이 보이지 않자 정윤의 옆에 서 있던 사람은 애가 타는지, 아니면 속이 답답한 것인지 한숨을 푹 내쉬다가 정윤 쪽을 바라봤다.

"일단, 방에서 좀 쉬었다가 가세요."

안내를 받는 와중에도 정윤은 여전히 멍한 태도로 누워 있는 것이 전부인 '언니들'을 바라보며 자신이 맞게 찾아온 것이긴 한지 혼란스러운 속내를 감출 수 없었다.

안내받은 방은 침실이었다. 침대 하나와 부엌 테이블용으로 보이는 의자 하나만 덜렁 놓여 있고 습한 공기는 여전했지만, 계속 청소도구함 안에 숨고, 도서실에 갇히고, 감정싸움을 계속 이어가던 와중에 푹신한 침대를 보니 당장이라도 뛰어들어 눕고 싶다는, 평소에는 느껴본 적도 없었던 충동이 일 지경이었다.

"언니들은 저 밖에만 누워 계시니까 여기서 편하게 쉬다가 가셔도 되고, 그냥 여기서 계속 누워 계셔도 돼요. 어차피 여기 오래 있다고 해서 눈치 주실 분들도 아니고 눈치 줄 생각도 없으셔서."

"어, 잠깐만!"

정윤이 바깥으로 나가려는 사람을 급히 불러 세웠다.

"저기, 제가 아직 모르는 게 많아서 그러는데 뭐라도 대답해주실 수 있으신가요? 저 지금, 학교의 그 이상한 생명체들이 왜 생긴 건지, 여기에 제가 왜 오게 된 건지, 일단 학교에서 과거에 무슨 일이 있었는지조차 알고 있는 게 없어요!"

밖으로 나가려던 사람은 정윤의 말에 작게 한숨을 쉬다가 입을 열었다.

"그건 그냥, 이따가 언니들한테 물어보세요. 대답해줄지도 모르죠. 저는 길게 대답할 생각 없어요. 좋은 일도 아니고 굳이 길게 얘기하고 싶지도 않고요."

그 말을 끝으로, 정윤이 무슨 말을 더 하기 전에 문

손잡이를 잡고 있던 사람은 순식간으로 밖으로 나가 방문을 닫았다. 정윤만이 남은 방 안에서는 적막이 흘렀다. 정윤은 방문만 바라보다가 그대로 침대에 쓰러지다시피 누웠다. 궁금한 것도 궁금한 거였지만, 일단 조금이라도 쉬고 싶었다. 짧은 시간 동안 너무 많은 것이 휘몰아치듯이 다가온 탓에 진이 다 빠지는 기분이 들었다. 누가 재운 것도 아닌데 정윤의 눈이 천천히 감겨왔다.

정윤은 퍼뜩 눈을 떴다. 시간이 얼마나 지난 것인지는 알 수 없었다. 방안에는 시계가 없었고 내부는 습했으며, 창문 너머는 여전히 까맣고 아무것도 보이지 않았다. 기지개를 켜며 몸을 일으키니 확실히 잠을 푹 자서 그런지 긴장감이 많이 풀린 기분이 들었다. 얼마나 잠든 것인지 감도 잡히지 않았다. 생각해보면 초면에 낯선 사람들 천지인 공간에서 어떠한 경계 태세도 없이 잠이 든 상황이었는데, 아무 문제도 발생하지 않은 것이 다행인 지경이었다. 당장 조금이라도 쉬고 싶다는 생각 때문에 외부에 대해 걱정을 하지 못한 것 같았다. 정윤이 마른세수를 하고선 문손잡이를 돌렸다. 그 언젠가 봤던 영화처럼 문손잡이가 헛돌고 방

안에 갇히는 상황이 벌어지지 않을까 뒤늦은 걱정도 들었지만, 그런 생각이 무색할 정도로 문은 별다른 힘을 들이지 않고도 손쉽게 열렸다.

열린 문으로 천천히 걸음을 옮겨 나가보니 거실의 풍경은 이 집에 처음 들어왔을 때와 별반 다를 바가 없었다. 자신을 데려온 사람은 또다시 어딘가로 나간 것인지 보이지 않았고, '언니들'이라고 불렸던 사람들은 소파에 앉아서, 혹은 바닥에 누워서 멍하니 바깥만을 바라보고 있었다. 얼마나 멍하니 있던 것인지 정윤은 '언니들'이 마치 전시된 인형이 아닐까, 라는 생각을 짧게 하기도 했다.

"저기….."

정윤이 조심스레 말을 걸자 '언니들'이 일제히 고개를 돌렸다. 집 안이 어두운 편이었지만 그 와중에도 그들의 눈이 죄다 죽어 있는 모습이 선명하게 보여서 정윤은 자신도 모르게 한 걸음 물러섰다. 그래도 '언니들'은 딱히 정윤에게 적대적이거나 어떠한 해를 끼칠 기색은 보이지 않았다. 오히려 모든 것을 다 포기한 것처럼 멍하니 바라만 보고 있는 모습이 더 무서울 정도였다.

"쉴 곳 마련해주셔서 감사합니다. 저는 임정윤이고,

저도 여기로 갑자기 들어오게 된 사람인데요."

정윤의 말에도 '언니들'은 별 감흥이 없는, 어떠한 감각조차 없는 얼굴로 정윤을 바라보고 있었다. '언니들'이 대체 무슨 생각을 하는 것인지 도저히 감이 잡히지 않으니, 정윤은 자신이 무언가 잘못하고 있는 것은 아닌지 미약한 불안함까지 느껴질 정도였다. 하지만 여기서 주눅 들어서 물러서면 좋은 결과를 얻기 어려울 수도 있다는 생각이 들었다. 정윤은 숨을 한 번 크게 들이마셨다 내쉰 뒤 다시 말을 이어 나갔다.

"궁금한 게 있어서 질문드리고 싶습니다. 혹시, 학교에서 무슨 일이 있었는지 알려주실 수 있으실까요? 그 괴생명체들은 뭐고, 왜 그 괴생명체에 사람들 얼굴이 있고, 어째서 제가, 아니 여기 있는 모두가 왜 여기로 온 건지 하나도 궁금증이 해소된 것이 없어요! 제가 그, 지우라는 사람에게 들은 얘기가 있고 재영이라는 분께도 들은 얘기가 있긴 하지만…. 그리고, 그리고 혹시, 여기서 어떻게 해야 나갈 수 있는지도 알고 계시나요…?"

마지막 질문은 괜히 했나? 정윤이 말을 쏟아내다시피 꺼내고선 뒤늦은 후회에 휩싸였다. 하지만 이미 말을 꺼냈으니 무를 수도 없었다. '언니들'은 대답이 없었다. 무언가 생각에 빠진 것인지, 대답을 하기 싫은 것인지, 도저히 알 수 없는 표정을 한 채 멍하니 정윤만을 바라보고 있었다. 생각해보니 어떻게 나가는지 알고 있었다면 이미 이 사람들은 전부 다 나가지 않았을까, 라는 생각이 들자 정윤은 급히 죄송하다는 말을 하려 입을 열었다. 그런데 정윤이 사죄하는 것보다 '언니들' 중 소파에 누워 있던 사람이 먼저 말을 꺼내는 일이 더 빨랐다.

"지우가 아직 있어?"

"네? 아, 네. 근데 제가 여기 왔을 때는 그 사람 한 명만 있었어요. 딱히 다른 사람이 보이지는 않았고…."

사실이었다. 적어도 재영이 들어오기 전까지 지우 외의 사람은 본 적이 없었다. 소파에 누워 있던 '언니'는 잠시 생각에 잠기다가 입을 다시 열었다.

"원래는… 그런 이상하게 생긴 괴물들이 아니었어. 괴물은 한 마리였지."

"네?"

"끈적하고 길쭉하게 생긴 이상한 달팽이 같은 괴물…. 그 괴물에게 가장 먼저 누군가 먹힌 뒤 먹힌 사람의 얼굴을 가진 괴물이 생기고, 그 괴물에게 다른 사람이 먹힌 뒤 그 먹힌 사람의 얼굴을 가진 또 다른 괴물이 생기고…. 그 괴물이 정확히 뭔지는 아무도 몰라. 하지만 그곳에는 우리의 얼굴을 가진 괴물들이 한 마리씩은 있을 거야….”

그렇다면 결국 이유는 알 수 없어도 모든 사람이 괴물들에게 먹힌 적이 있다는 소리가 되었다. 만약 자신이 먹혔다면 정윤 역시 자기 얼굴을 가진 괴물과 마주할 수도 있었다는 의미이니, 정윤은 그래도 운 좋게 먹히지 않았다는 사실에 자신도 모르게 본능적으로 안도했다. 그런 정윤을 빤히 쳐다보던 ‘언니들’ 중 바닥에 누워 있던 사람이 입을 열었다.

“이곳에 왔다는 건… 너도 결국 이곳에 오고 싶어 했다는 거 아닐까.”

“저는…, 저는 이런 곳에 오고 싶다는 생각 자체를 해본 적이 없는데요?”

“너…. 친구들이랑 제대로 어울리지 못하고, 어쩌면 친구들이 진짜 친구들이 아닌 거 아냐? 우리 모두가 그랬어. 대체 어떻게 오게 된 건지 얘기를 해보다가 알았지. 그 지긋지긋한 세상에서 더 이상 살고 싶지 않다고 생각했고, 결국 이뤄졌지. 그리고 지금까지도 영영 나가지 못하고 있어. 모두가 다 같은 사람이야. 그 누구하고도 제대로 된 관계를 맺지 못했던 사람.”

"···그건 맞지만, 그렇다고 이런 곳에 오고 싶었던 건 아니에요! 아니, 애초에 그렇게 생각했다고 해서 이런 곳에 갑자기 오게 되는 게 더 말이 안 되는 거잖아요, 저는 그래도, 그래도 나름대로 잘 살고 있었는데!"

바닥에 누워 있던 '언니'는 바깥으로 다시 시선을 돌리며 입을 열었다.

"모두가 다 그렇게 말했어. 하지만 이곳은 그런 사람들을 귀신같이 찾아내고 빠르게 끌어들이지. 그렇게 다들 이곳에 왔어. 부정해도 우린 다 같은 사람이니 속일 필요 없어."

정윤이 순간 정곡을 찔린 것처럼 말을 잇지 못했다. 한동안 침묵이 흐르고 '언니들'도, 정윤도 입을 열지 않았다. 그러다 입을 열어 침묵을 깬 것은 바로 그나마 소파에 기대어 앉아 멍하니 있던 '언니'였다.

"어디까지 알고 있어?"

"네?"

"너도 들은 게 있을 거 아냐. 지우한테든, 재영이한테든."

정윤이 잠시 생각에 잠겼다.

"···학교에서 나가기 위한 가설로 누군가를 죽여야 한다는 얘기가 나왔었다는 점까지요."

"…지우는, 외로움을 많이 탔어. 누군가 자신의 옆에 있어야 했고, 자기 말을 들어줄 사람이 필요했지만, 그렇다고 해서 자기 옆에 있는 사람이 위험에 처했을 때 그 위험을 함께 감수하거나 대신해줄 생각은 없었지. 좋게 말하자면 인간관계를 맺는 방법이 서툴렀고, 솔직하게 말하자면, 뭐…."

이기적이구나. 정윤이 속으로 생각했다.

"아마 지우가 '누군가 제물로 바치면 바깥으로 나갈 수 있을 것이다'라고 한 건 지우 본인도 그게 진짜로 이루어질 거라고 생각하지 않은 채로 말한 걸 거야. 굉장히, 설득력 없는 말이었지. 하지만 그 말을 했던 시점이 다들 원래 세상으로 돌아가고 싶어서 반쯤 미쳐 있던 순간이었던 게 문제였어. 그 말에 동조했던 사람이 생겼고, 왜 그런 가설을 내세웠던 것인지 지우의 정확한 속내는 알 수 없지만 그 말이 사실 그냥 해본 소리였다고 하기에는 이미 상황이 너무 커져서 더 이상 되돌릴 수도 없었을 거고."

"음…."

"지우에게는 지금도 묻고 싶지, 왜 그런 말을 꺼냈던 거냐고. …그 이상은 떠올리고 싶진 않아."

"…죄송해요."

의자에 앉아 있던 '언니'가 고개를 저었다.

"너는 그냥 자세한 얘기가 궁금했을 뿐이니까."

잠시 정적이 흐르다가 바닥에 누워 있던 '언니'가 입을 열었다.

"여기 있는 것도 나쁜 생각은 아냐. 바깥으로 다들 나온 후에, 계속 우리가 살던 세상으로 가려던 시도를 하던 사람 중엔 현실을 받아들이지 못한 경우가 많았어. 그래도 그 사람들은 끝까지 배려심은 좋았지. 여기서 죽으면 다른 사람들이 그 죽어가는 모습을 볼 수 있으니 아예 아무도 생각 못 한 방식을 쓴 거야. 학교로 돌아가서 나무에 목을 매는 거 말이야. 게다가 밖으로 빠져나오지 못한 사람들이 영영 나오지 못하고 있는 상황에서, 아무것도 없는 곳에서 할 수 있는 것은 없어. 그냥, 이렇게 있는 게 끝이지."

"처음에는 뭐라도 해보려고 노력했는데, 아무 소용이 없었어. 그러다 다들 제정신이 아니어서 아파트 옥상에서 떨어져도 보고 돌바닥에 머리를 박아보기도 하고, 별짓을 다 해봤지만 시간이 지나면 살아나서 죽지도 못하더라고. 그러니 다들 죽거나 우리처럼 사는 거겠지. 더 이상 뭔가를 하고 싶지 않아. 해도 아무 소용 없을 텐데. 그건 다른 곳에 있는 사람들도 다 마찬가지일걸."

"그나마 아까 네가 봤던 그 애처럼 뭐라도 해보려고 시도하는 소수의 애들은 아직도 있지만, 말 그대로 소수야. 그리고 그들도 사실 이곳에는 방법이 없다는 걸 알지만 학교로 돌아갈 자신이 없어서 바깥만 하염없이 돌아다니는 거야. 본인도 사실 알고는 있을 거야, 자기 행동이 사실 큰 의미가 없을 거라는 걸. 걔는 너를 통해 재영이에게 문제가 생겼음을 알았지만 그에 따른 대응을 할 용기가 없을 거야. 그래서 계속 바깥만 돌아다니면서 우리에게 뭐라도 해보자는 말만 하고, 정작 뭔가 하자고 하면 오히려 당황하겠지. 그렇게 상황에 길들여졌으니까. 학교 안으로 들어가서 지우와 혹시라도 있을 지우에게 동조하는 애들, 그리고 괴물들을 이겨가면서 뭐라도 찾아내는 일을 하기엔, 우린 너무 지쳤어. 그동안 너무 많은 일들이 있었어. 그냥 가만히 있어도 배도 고프지 않고, 죽지도 않는 이 공간에서 우린 가만히 있기를 선택한 거야."

'언니들'은 말하는 내내 어떠한 미동이나 표정 변화가 없었다. 정말 말 그대로 '공허하고 모든 것을 포기한' 존재 그 자체였다. 정윤은 자신의 미래 역시 저 모습이 되는 것인가 싶어서 몸에 소름이 돋았지만 그것을 굳이 티 내려 하지 않았다.

"너도 여기 있을래? 아까 그 방에서 계속 잠들어 있어도 돼. 이 학교 바깥에서는 유감스럽지만, 적어도 돌아갈 방법이 없어."

"아, 아뇨! 저는 괜찮아요. 저는 어떻게든 돌아갈 방법을 찾아볼게요. 여기에 돌아갈 방법이 없다면, 그럼 학교로 돌아가야죠! 물론 원래 세상에서는 다른 곳으로 가고 싶다고 생각했어도, 이런 세상을 원한 건 아니에요! 저는 다시 원래 세상으로 돌아가서 방법을 찾아볼게요."

그 말에 소파에 앉아 있던 '언니'가 고개를 돌려서 정윤을 바라보았다. 한동안 정윤을 빤히 바라보던 '언니'는 이내 다시 고개를 돌렸다.

"…지하에는 가봤어?"

"네? 아뇨, 가보려고 생각은 해봤는데, 아직…"

"우리가 아직 학교에 있었을 때 나왔던 가설 중의 하나가 학교 지하로 가면 방법이 있을 수도 있다는 거였어. 그 가설을 실행에 옮기기도 전에 지우가 자기한테 동조하는 사람들을 모아서 죽이고 다닌 탓에 도망치느라 시도해본 적도 없지만. 어쩌면 지우조차 여태 시도 안 해봤겠지. 걘 원래 그 괴물들 무서워했거든."

"그 괴물들 나올 시간만 되면 누가 뭐라 할 새도 없이 바로 뛰어가서 몸 숨기기 바쁜 애였으니까. 얼마나 빨리 움직였는지 종 치기 전부터 사라져서 다시 종이 친 직후에야 모습을 드러내니, 다들 '이럴 때만 빠르다'고 흉보고 그랬지. 본인도 그 말을 알던 눈치긴 했는데."

'언니들'이 과거를 회상 중인 것인지 입가에 희미한 미소가 지어졌다. 어쨌든 지금까지 나온 정황과 대화들을 종합해볼 때, 결국 정답은 지하로 가보는 것밖에는 없다는 소리가 나왔다. 정윤 생각에도 사실상 그것 외에는 방법이 없어 보였다. 물론 정윤도 지우와 학교 내의 괴생명체들이 영 걱정되긴 했지만, 그렇다고 해서 '언니들'처럼 멍하니 허공만 보며 죽지 못해 사는 것처럼 살고 싶지는 않았다. 정윤은 숨을 한 번 크게 들이마셨다가 내쉰 후 '언니들'에게 고개 숙여 인사했다.

"쉴 곳 마련해주셔서 감사합니다. 저는 그럼, 이만 돌아가보겠습니다."

"그거 가져가."

정윤이 무슨 소리인지 의아해하다가 고개를 돌려서 신발장 위에 놓여 있던 망치를 발견했다. 자신이 가져왔던 피 묻은 망치였다.

"아까 네가 봤던 걔가 너 자는 사이에, 네 손에서 꺼내 거기다 올려놨더라고. 가지고 가. 우린 그때 아무것도 하지 못한 채 도망쳤고 더 이상 어떤 것도 할 수 있는 생각과 힘을 잃었지만, 너는 그러지 마."

모든 의욕을 잃은 사람의 입에서 나올 것이라고 예상하지 못한 말에 순간 정윤이 멍하니 '언니들'을 바라보았다. '언니들'은 언제 말을 했냐는 듯 다시 고개를 돌려 바깥만 바라보았다. 정윤은 다시 고개 숙여 인사를 한 뒤 망치를 챙겨 손에 쥐었다. 그리고 숨을 크게 들이마셨다가 내뱉고, 현관문을 열고 바깥으로 나섰다.

〔 **7** 〕

　학교의 모든 곳을 돌아봤고, 사실상 바깥에서는 할
수 있는 것이 없음을 확인했으니 결국 최종 목적지는
학교의 지하였다. 다만 목적지가 정해졌음에도 완전히
마음을 놓을 수는 없었다. 지우의 문제도 있었지만 학
교 안으로 들어갈 수 있는 순간은 종이 울린 뒤 괴물
들이 바깥으로 나온 후이니, 괴물들이 나와서 돌아다
니는 상황에서 바로 들어가게 되면 지하로 내려가기
이전에 잡아먹히는 꼴이 될 수도 있었다. 괴물들이 죄
다 흩어지기를 문밖에서 기다리다가 들어가는 방법도
있겠지만, 정윤이 바깥으로 나올 때 눈에서 뿔이 자라
난 괴물이 바라보다 갔던 것을 고려한다면 오히려 괴

물들이 정윤이 들어오기만을 기다리면서 중앙현관 쪽으로 몰릴 가능성 역시 배제할 수 없었다. 제일 큰 문제는 그것이었는데 정작 그것에 대한 해결 방안을 고려해본 적이 없었기 때문에 정윤은 다시 골이 아파져오는 기분이 들었다.

망치를 손에 꾹 쥔 채 길을 다시 걸어 학교 앞으로 돌아온 정윤은 다시 마주친 목 매달린 사람들 앞에서 걸음을 멈출 수밖에 없었다. 시선을 아래로 한 채 최대한 빠른 걸음으로 지나가면 된다는 사실을 파악했음에도 적지 않은 사람들이 일제히 목 매달려 걸려 있는 모습은 다시 봐도 생각보다 큰 시각적 충격을 주었다. 정윤은 자신도 모르게 가야 하나, 고민했지만 결국 땅바닥을 보며 걸음을 옮겼다. 계속 학교 앞에만 서 있을 수도 없는 일이었기 때문이었다. 천천히, 한 걸음씩 걸음을 옮기면서 속으로는 '이건 아무것도 아니다'라고 되새기기를 몇 번, 학교 쪽에서 종소리가 들렸다. 여전히 크게 울리는 종소리에 정윤은 자신도 모르게 뒷걸음질 치며 손으로 귀를 틀어막았다.

종이 울리다 멈추고, 정윤은 마저 걸음을 옮기려 했다. 그런데 그 순간, 정윤의 머리 위에서 무슨 소리가 들렸다. 마치 목이 졸려서 숨을 제대로 내쉬지 못하는 소리였다. 그 소리가 왜 나는 것인지 대충 눈치챈 정윤은 고개를 들면 안 된다는 사실을 이미 알고 있었지만, 순간의 호기심을 참지 못하고 걸음을 멈춘 상태 그대로 천천히 고개를 들어보았다. 그리고 정윤의 시선이 하늘에 닿은 순간, 정윤은 두 눈을 부릅뜬 상태의 목 매달린 남자와 눈이 마주쳤다. 숨이 콱 막힌 것인지 두 눈에는 핏발이 잔뜩 서려 있었고 잇새로는 끄윽거리는 기괴한 소리가 나고 있었다. 그리고 그 순간 주변에서도 정윤이 들었던 것처럼 숨이 막히고 목이 졸려서 나는 소리가 하나둘 늘어나기 시작했다. 목이 매달려 있던 사람들이 천천히 버둥거리기 시작했다.

정윤은 아주 잠깐이지만 이 사람들의 목을 죄고 있는 밧줄을 풀어주는 것은 어떨지, 라는 생각을 또 했다. 밧줄을 풀어주면 그 대가로 지하로 내려가는 것에 대한 도움을 받을 수도 있을지 모른다는 잠깐의 기대가 들기도 했다. 하지만 몸을 비틀면서 고통스러워하는 남자의 핏발 서린 눈을 보자 자신이 품은 상상이 와르르 무너지는 기분을 느꼈다. 조금은 잔인한 말일 수도 있었지만, 밧줄을 풀어준다고 해서 무조건 이 사람들이 도움이 될 것이라는 보장은 없었다. 게다가, 혹시라도 어떤 이유에서든 악의를 품고 자신에게 해를 끼치려는 사람이 목 매단 사람들 사이에 포함되어 있다면 정말로 큰일이 날 가능성도 적지 않았다.

생각이 거기까지 미치자 정윤은 이곳에 더 이상 오래 서 있으면 안 된다는 것을 본능적으로 깨달았다. 급히 시선을 다시 바닥으로 내리 깐 정윤은 혹시라도 눈이 마주칠까 봐, 다시 자신도 모르게 고개를 들까 봐 최대한 걸음을 빨리하며 망치를 쥔 손에 힘을 줬다. 사람들이 버둥거리면서 나무와 밧줄이 마찰하는 소리가 들리고, 숨통이 조여오는 사람들의 소리가 들렸다. 정윤은 그 소리가 안 들린다고 자기 최면을 걸면서 걸음을 옮겨야 했다.

나무들 사이를 건너 운동장을 가로지른 뒤 중앙현관 앞에 도착한 후에도 정윤은 쉽게 들어갈 수 없었다. 중앙현관 유리문 너머로 오가는 괴생명체들이 보였기 때문이었다. 머리와 가슴의 방향이 반대로 되어 있는 채 걸어 다니는 괴생명체를 보고서 문을 열고 들어갈 엄두가 나지 않아 머뭇거리던 정윤은 잠시 어떻게 해야 하나 망설였다. 아예 들어가지 않기에는 지하에 가보는 시도조차 할 수 없었기 때문이었다. 그러다, 정윤은 무언가가 떠올랐다.

"…반대쪽 문!"

애초에 학교로 들어가는 문이 한 개만 있는 것도 아니고, 중앙현관이 아니더라도 종이 울리면 다른 쪽 문도 열릴 것이었다. 그렇다는 말은 굳이 중앙현관을 통해 들어가는 것이 아니라고 해도 학교 안으로 들어갈 방법은 충분하다는 소리였다. 그동안 중앙현관에만 너무 집중하느라 그 생각을 하지 못했다는 걸 깨달은 정윤은 자신의 바보스러움에 탄식을 금치 못했다. 생각이 거기까지 미치자 정윤은 다시 종이 울리기 전에 들어가려고 좌측 현관 방향을 향해 달려갔다.

좌측 현관은 소각장으로 향하는 길목에서 오른쪽으로 향하면 위치해 있었다. 길목에서 왼쪽으로 향한 뒤 아래로 내려가면 소각장이 있었지만, 사실 정윤은 원래 세상에서도 소각장이 이용되는 것을 본 적이 없었다. 듣기로는 학교 내에서 임의로 교과서나 필요 없는 서류들을 태우는 것은 문제 될 여지가 있기 때문이라는데, 어쨌든 학기 말에 더 이상 안 쓰는 교과서들을 가져다놓는 목적 외에는 가본 적이 없는 곳이었다.

정윤은 왼쪽 현관을 향해 달려가던 중 문득 걸음을 멈췄다. 소각장으로 향하는, 아래로 향하는 길목쯤에서 필요 없는 서류들을 쌓아두는 거대한 철제 쓰레기함, 그 안에 가득 쌓여 있는 서류들이 조금씩 들썩이는 것을 발견했기 때문이었다. 잘못 본 것은 아닌지 멈춰서서 다시 바라봤지만 서류들이 들썩이는 것은 확실했다. 저 소각장 쪽으로 가볼까? 정윤이 생각했다. 저렇게 서류들이 조금씩 들썩인다는 것은 아래에 뭔가 있다는 소리인데, 그것이 사람일 수도 있었고 어쩌면 괴생명체일 수도 있었다. 섣부른 판단을 잘못 내리면 그대로 자신이 끝장날 수도 있는 상황이었다. 하지만 여태 바깥에서 괴생명체가 발견된 적은 없고, 혹시라도 저 안에 묻혀 있는 게 재영이라면 구출 후 도움을 받을 수도 있을 것이었다. 물론 재영이 아니라 나무에 매달린 사람들처럼 지우를 돕다가 변을 당한 사람일 가능성 역시 배제할 수 없었다. 그래도 일단 가보는 것도 나쁘지는 않을 것 같다는 생각이 들었다. 자기 손에는 망치도 들려 있으니, 조금은 공격에 있어서 우위를 점하고 있으니 괜찮을 것이라는 치기 어린 판단이 들기도 했다.

망치를 한 손에 꾹 쥔 채 소각장 방향으로 내려간 정윤은 철제 쓰레기함에 세워진 계단을 타고 위로 올라갔다. 위로 올라가니 아무것도 쓰인 것 없는 서류들이 들썩이는 모습이 더욱 잘 보였다. 서류 일부만 조금 들어서 치우면 아래에 뭐가 있는지 발견할 수 있을 것 같았다. 정윤이 한 손에 든 망치를 꾹 쥔 채 한 손으로 천천히 서류들을 치웠다. 두어 번 정도 서류들을 치우자, 그 아래에서 모습을 드러낸 것은 교복을 입은 정윤 또래의 학생이었다. 학생이 급히 숨을 몰아 내쉬었다. 그런데 무언가 이상했다. 학생에게 팔다리가 없었다. 몸을 버둥거리는 학생은 오로지 몸통과 머리만 있었다. 정윤은 자신도 모르게 놀라서 비명을 내질렀다.

"악!"

정윤의 비명을 들은 사람이 정윤 쪽으로 고개를 돌렸다. 그리고 놀란 듯이 눈을 크게 뜨더니 급히 정윤 쪽으로 다가가려 했다.

"도, 도와주세요, 저 좀 도와주세요! 여기 지우 그 새끼가, 시발, 여기 사람들이 묻혀 있어요! 그 새끼 도와줬더니 날 이렇게 만들어서, 도와주세요! 저 아래에 사람들 더 많이 있어요, 도와주세요!"

정윤은 하마터면 뒤로 미끄러질 뻔한 것을 간신히 계단 난간을 잡아 버틸 수 있었다. 아무리 봐도 자신이 도울 수 있는 상황이 아니었다. 딱 봐도 팔다리가 조잡하게 잘려 나간 흔적이 역력한 학생은 계속 정윤을 향해 다가오려 했다. 정윤은 조금 전 목 매단 사람을 봤을 때보다 더 큰 압박과 공포가 느껴지는 것 같다는 착각까지 들었다.

"죄, 죄송합니다, 저, 저는 못 해요! 죄송합니다!"

"아냐, 가지 마요! 우리 도와주세요, 제발요! 제발! 여기 아래에 더 많이 있어요!"

정윤은 안일하게 생각했던 조금 전의 순간이 무색할 정도로 급히 계단을 내려와서 도망치듯이 소각장을 빠져나와야 했다.

소각장을 빠져나와 좌측 현관 앞에 서니 종소리가 울렸다. 혹시나 하는 마음에 종소리가 멈추고 문을 열어보려 하니 역시나 굳게 잠겨 있는 상태였다. 역시, 종이 다시 울릴 때까지 기다려야 할 것 같았다. 정윤은 조금 전 자신이 봤던 그 학생의 상태가 머릿속에 맴돌아서 그대로 바닥에 주저앉았다. 그리고 문득, 그 학생이 바로 눈에서 뿔이 자라난 그 괴생명체의 얼굴이라는 사실을 뒤늦게 기억해냈다. 너무 놀라고 당황스러운 탓에 어디선가 봤던 익숙한 얼굴이라는 사실조차 그 당시에는 기억해낼 수 없었다.

어쩌면, 재영과 '언니들'이 했던 이야기, 그리고 지우가 짧게 언급했던 이야기 사이에는 자신이 예상했던 것 이상의 끔찍한 이야기들이 가득할 수도 있겠다는 사실을 뒤늦게 깨달았다. 심장이 미친 듯이 뛰었다. 하마터면 망치를 놓칠 뻔한 것을 간신히 쥐고선 숨을 골랐다. 그리고 저 모든 학살과 끔찍한 광경을 만든 장본인이 지우라는 것을 다시 한번 상기하자, 정윤은 대체 지우는 뭘 하고 싶었던 것인지, 왜 저렇게까지 한 것인지 감조차 오지 않아 더욱 머릿속이 혼란스러웠다. 지우는, 대체 왜 저렇게 끔찍한 광경을 만든 것인가? 그리고 무엇보다, 저런 상황들을 혼자서 만드는 것이 가능한 것인지조차 알 수 없었다. 어쩌면 '언니들'이 그렇게 무력한 상황에 처하고 더 이상 학교로 되돌아갈 생각조차 하지 않는 것도 지우에 대해 많은 것들을 봐서 그런 것은 아닐까 싶었다.

그때 누군가 중앙현관의 유리문을 톡톡, 두들기는 소리가 났다. 정윤이 생각을 정리하느라 고개를 들지 않자 다시 한번 유리문을 누군가 톡톡, 두들겼다. 정윤이 무의식적으로 고개를 들어서 소리가 난 곳을 올려다봤다가 놀라 비명을 지를 뻔했다. 지우가 유리문에 얼굴을 댄 채 정윤을 내려다보고 있었다. 대체 어떻게 자신이 여기 있는 것을 안 것인지, 정윤은 사고가 마비되는 기분이었다. 물론 괴생명체들이 돌아다니지 않을 때는 지우 역시 자유롭게 돌아다니니 충분히 자신을 발견할 수 있는 상황이었지만 당장 정윤이 거기까지 생각할 여유는 없었다. 지우는 마치 오랜만에 만난 친구라도 발견한 것처럼 반가운 표정을 짓고 있었다. 그러나 정윤은 웃을 수 없었다. 도저히 의례적인 웃음조차 나오지 않는 상황이었다.

"왜 그렇게 있어요? 들어오려다 막힌 거예요?"

지우가 무릎을 굽혀서 주저앉아 있던 정윤과 시선을 맞추며 유리문 너머로 말을 걸었다. 문은 안 열리는데 문 사이로 말하는 건 용케도 들린다고, 그 와중에 정윤은 생각했다.

"아까는 미안했어요. 내가 괴물들만 보면 겁이 좀 나서 나도 모르게 도망쳐버리는 성격인데, 그쪽을 데리고 갔어야 했는데 습관대로 도망친 후에 나도 후회 많이 했어요. 미안해요, 다시는 그럴 일 없을 테니까 앞으로는 나와 함께, 같이 다녀요."

"그…."

"바깥은, 내가 말한 대로였죠? 이렇게 돌아온 거 보니까 역시 바깥은 살 만한 곳이 아닌 거죠? 봐봐, 여기가 가장 안전한 곳이에요. 그러니까 내 말 잘 듣고, 나만 잘 따라다니면서 여기서 버티면 되는 거예요. 아, 이렇게 말 계속 높이는 것도 그러니까 그냥 말 놓을까요? 말 놓자, 너 어차피 나보다 어려 보여."

지우의 표정은 마치 전날 저녁 메뉴가 뭐였는지, 오늘 수업에 필요한 교과서는 가져왔는지 묻는 것처럼 일상의 대화를 하는 표정이었다. 미동도 없이 무덤덤하게 대화를 이어가는 태도에 정윤은 왜 자신이 이런 지우의 태도를 여태 눈치채지 못한 것인지, 스스로가 바보 같고 안 좋은 의미로 대단하게 느껴질 정도였다.

"종 울리면 들어와. 바로 숨을 곳 찾아서 가자."

"…나한테 잘해주는 이유가 뭐예요?"

정윤은 최대한 침착함을 유지한 채 질문을 던지려 했지만 목소리가 미약하게 떨리는 것까지는 숨기지 못했다. 정윤의 질문을 받은 지우는 의외라는 듯이 정윤을 바라보다가 잠시 고민하는 표정을 지으며 대답을 미루려는 태도를 보였다.

"말해줘요. 소각장의 팔다리 없는 그 사람이나, 저 바깥에 있는 사람들이나, 그 사람들처럼 만드는 게 아니라 왜 나한테는 잘해주는 건데요? 뭔가 이유가 있을 거 아니에요? 아니면…, 나도 그렇게 만들 생각인 거죠?"

"음? 아니? 내가 미치광이도 아니고 아무나 그렇게 만들지는 않아. 그 사람들은 그냥 그렇게 될 수밖에 없었던 이유가 있었어, 정윤아."

지우가 긴 얘기를 꺼내려는 것처럼 숨을 한 번 골랐다.

"네가 어디까지 들었는지는 모르겠는데, 저기 매달리고 팔다리 없는 사람들은 처음엔 나한테 호의적이었어. 근데 이상하게 시간이 지날수록 날 못 없애서 안달하더라고. 그래서 처음에는 아직 나한테 호의적인 사람들을 이용해서 더 이상 반항하지 못하게 하려고 나무에 매달았어. 이후에 또다시 반항적인 사람들이 생기자 그때까지도 호의적인 사람들을 통해서 저기, 소각장에 내다 버렸어. 내가 그때 그 대규모 사태를 겪으면서 깨달은 게 뭔지 알아? 여기서 사람이 죽어서 완전히 죽기 전 상태로 돌아가려면 머리를 크게 다쳐야 하더라고. 그 외의 부위가 다친다? 그럼 그냥 그 다친 상태 그대로 살아나. 그래서 그걸 조금 이용했을 뿐이야, 나도 살아야지. 나도 사람이고, 위험한 것은 없애는 게 맞지."

"…그럼, 그 '그때까지도 호의적인 사람들'은 어쨌는데요?"

지우는 웃기만 하고 자기 말을 이어갔다.

"근데, 나를 공격하려 드는 사람들을 다 처리하니까 나 혼자만 남더라고. 나 혼자만 이 학교에서 저 끔찍한 괴물들을 피해서 숨어다녀야 하는 상황이 된 거지. 그렇다고 학교 밖으로 나가는 거? 학교 밖으로 나갔다가 나 피해서 도망친 애들 마주칠 수도 있고, 일단 학교에서 내가 나가려고 할 때마다 저기, 목 매단 애들이 나 죽이겠다고 무섭게 눈을 부라리잖아. 그래봐야 매달린 애들인데 내가 또 그런 거에 겁을 잘 먹어서 못 나가. 사실상 난 여기서 나가지도 못하는 상황이 된 거야. 그래서 너무 외로워. 여기서 영영 죽지도 못하는데 혼자서 살아가는 건 원치 않아. 이곳에서 내가 얼마나 긴 시간을 홀로 보냈는지 너는 상상조차 하지 못할 거야."

"…그래서, 그냥 외로워서 그랬다는 거예요? 그렇게 다들 죽여놓고 나 혼자만 남겨두려는 이유가, 홀로 그 괴생명체들 피해 다니는 게 외로워서?"

"응."

망설임 없이 나오는 지우의 대답에 순간 정윤은 할 말을 잊고 말았다. 하지만 지우는 꽤 진지한 태도로 말한 것인지 장난기는 느껴지지 않았다.

"여긴 너무 습하고 외로워, 정윤아. 그러니까 그냥 나랑 같이 있자. 나, 너한테는 정말 잘해줄 수 있어. 그리고 밖에서 걔네 만난 거 같은데, 솔직히 걔네도 나한테 잘못한 거 많아. 한쪽 말만 듣고 모든 걸 믿으면 안 돼. 이곳에서 나갈 방법이 없기도 하고 네가 가진 모든 오해를 풀어줄게. 그러니 우리 여기서 계속 같이 있으면 안 될까? 우리 같이 있으면 더 이상 위험한 건 없을 거야."

"…싫어요. 그리고 저는 지하실 가볼 거예요."

정윤의 말에 지우는 살짝 인상을 썼다.

"왜? 거기 갔다가 괴물에게 먹히면 어쩌려고 그래. 그리고 너 아는지 모르겠지만, 일단 괴물한테 먹히면 먹힌 그 장소에서 다시 살아나. 그렇다는 건 지하에서 먹히는 순간 지하에서 다시 살아나서 바깥으로 다시 올라오지도 못한다는 소리야. 아래로 떨어진 애새끼들 중에서 다시 위로 올라온 애들 한 명도 없었어. 영영 밑바닥에서 괴물들에게 먹히고 살아나는 걸 반복하고 싶은 거야?"

"…그래도 갈 거예요. 어차피 여기서 못 나가는 거, 어떻게 되든 다 똑같아요."

"똑같긴, 너를 도와줄 수 있는 사람이 있는 것과 이 미세한 빛조차 없을 곳에서 죽지 못해 사는 건 전혀 달라. 그러니까 잘 생각해, 정윤아. 네가 왜 내려가고 싶다고 하는지는 알겠지만 저 아래로 내려간다고 해서 무조건 네가 원하는 결과를 얻을 수 있는 건 아닐 수도 있어."

정윤은 순간 지우의 말에 잠시나마 마음이 흔들리지 않을 수 없었다. 사실 정윤 역시 지우의 말대로 원하는 결과를 무조건 얻을 수 없을 수도 있다는 사실을 모르는 것은 아니었다. 그리고 지하에서 무슨 일이 일어날지도 모르고, 말은 자신 있게 했지만 지하에서 괴생명체들에게 계속 잡아먹힐 수도 있다는 사실이 두렵지 않은 것도 아니었다. 하지만 그렇다고 해서 계속 지우와 함께 다닐 수는 없었다. 자신이 봤던 그 기괴한 광경들처럼, 정윤 역시 지우의 마음에 들지 않는 순간 어떤 해를 입을지 모르는 상황이기에, 좋든 싫든 지하로 내려가보는 것 외에는 방법이 없었다.

지우는 자신이 원하는 대로 될 때까지 정윤을 계속 회유할 기세였다. 여기서 정윤이 더 말을 듣지 않는다면 종이 울리고 문이 열리는 순간 바깥으로 나와 어떠한 짓을 할지도 모르는 상황이었다. 그렇기에, 단순히 자신의 주장을 명확히 내세우는 정공법만으로는 한계가 있었다. 이럴 땐 어떻게 해야 하지? 정윤이 숨을 크게 들이마신 뒤 마음을 다잡고 입을 열었다.

"…좋아요. 원한다면 그렇게 할게요."

지우가 정윤의 대답이 마음에 들었는지 표정이 확 피었다. 드디어 예상했던 답변이 나온 것인지 화색이 도는 표정이었다.

"대신, 조건이 있어요. 저는 지하로 내려가서, 지하에 아무것도 없다는 것을 확인하고 나서 당신이랑 같이 있을 거예요. 이 학교 안에서 지하만 안 가봤으니, 그곳까지 돌아봐야 정말로 탈출구도 없다는 사실을 인정할 수 있을 거 같으니까요."

"너 정말 고집이 세구나, 정윤아?"

"정 불안하면 저랑 함께 내려가요. 저랑 같이 내려가서 같이 확인해요. 아래에 정말로 아무것도 없다면 종이 다시 울리기 전에 다시 올라오면 되는 거잖아요? 아무것도 없다는 사실이 확인되면 정말로 원하는 대로 할게요. 손해 보는 장사는 아니잖아요."

곧바로 대답이 나올 것이라는 예상과 달리 지우는 무언가를 고민하는 듯 말을 잇지 못했다. 이렇게 길게 망설이는 모습은 또 낯설어서, 정윤은 지우가 지하에 뭔가 숨겨두기라도 한 것인가 싶은 생각까지 들 정도였다.

"싫으면 말아요. 그래도 저는, 어떻게든 혼자 내려갈 거니까…."

"아냐, 같이 내려가. 나도 같이 내려가. 대신, 아무 것도 없다면 그 즉시 올라와서 계속 나랑 있어. 너도 솔직히 이곳에서 계속 있다 보면 나랑 같이 있는 게 훨씬 나은 선택이라는 걸 깨닫게 될 거야. 네가 아직 어려서 뭘 모르는 거뿐이지."

대체 몇 살이길래 저런 소리를 하는 걸까. 정윤은 살짝 인상을 썼지만 굳이 속내를 드러내지는 않았다.

귓가를 찢을 듯이 울리는 종소리가 들리고, 정윤 이 숨을 크게 들이마셨다가 내쉰 뒤 망치를 쥔 손에 힘을 주었다. 그리고 반대 손으로 좌측 현관문을 밀 자, 굳게 닫혀 있던 조금 전과 달리 문은 손쉽게 열렸 다. 지우는 기다렸다는 듯이 정윤의 손을 잡았다.

"일단 숨자."

"다시 한번 말하지만 저는 지하에…."

지우는 더 듣기 싫다는 듯 정윤의 손을 확 잡아당 겨서 좌측 현관에서 가장 가까운 교실인 교무실로 걸 음을 옮겼다. 교무실 뒷문을 열고 정윤을 먼저 들여 보내고 자신 역시 들어온 뒤 문을 닫은 지우는 손짓 을 하며 천천히, 앞문 방향으로 걸어 나갔다. 정윤 역 시 일단은 지우가 자신을 해할 생각이 없어 보이기에

군말 없이 뒤따라 움직였다. 앞문에서 조용히 숨을 죽이고 있으니 문 너머에서 괴생명체들이 올라오는 소리가 선명하게 들렸다. 질척하게 기어 오는 소리가 들리기도 했고, 발굽 소리가 들리기도 했다.

"…다시 생각해보는 건 어때? 아래에 바깥으로 나오지 않는 괴물들이 더 있을 수도 있는 거고, 없다고 해도 올라올 때 괴물들에게 들킬 수도 있지 않겠어?"

"생각 바꿀 마음 없어요."

정윤의 마음이 굳건한 것을 깨달은 지우는 살짝 짜증이 올라오는 것인지 한숨을 내쉬면서 눈을 한 번 질끈 감았다 떴다.

"고집이 아주 그냥…."

더 이상 설득하는 것은 포기한 건지 정윤을 빤히 바라보던 지우는 고개를 돌리며 다시 한숨을 내쉬고선 슬쩍 앞문을 열어 복도를 내다보았다. 한참 동안 복도를 내다보던 지우가 복도의 발소리가 조금 멀어졌다 싶을 즈음에 정윤을 향해 손짓했다.

"셋, 하면 바로 뛰어서 지하로 내려가자. 그거 말고는 방법이 없는 거 같으니까. …하나, 둘, 셋."

정윤이 그대로 앞으로 나와 문을 열고 지하로 내려가는 계단으로 달려갔다. 급하게 뛰어 내려가느라 계

단 내려가는 소리가 꽤 요란하게 나자 정윤은 순간 놀
라서 멈춰서서 뒤를 돌아봤다. 한발 늦게 지우가 정윤
의 뒤를 따라서 내려오고 있었다. 지우는 괴생명체를
무서워한다더니 그 말이 정말인 듯 따라 내려오다가도
멈칫거리기를 몇 번씩 반복하고 있었다. 계단 위쪽에서
무언가 지하 계단 쪽으로 걸어오는 소리가 들렸다.

"…아이, 씨!"

정윤이 그대로 지우의 팔을 잡아당기며 급히 지하
로 내려갔다. 갑자기 팔이 잡아당겨지면서 지우가 욕을
내뱉은 것도 같았지만, 거기까지는 신경 쓸 겨를이 없
었다.

〔 **8** 〕

위쪽에서 들리던 발소리가 더 이상 들리지 않고서
야 정윤은 계단 내려가기를 멈출 수 있었다. 얼마나 빠
르게 뛰어서 내려왔는지 숨이 다 차올랐다. 이쯤 되니
내려오던 도중에 발을 헛디뎌서 넘어지지 않은 것이
용할 지경이었다. 그제야 정윤이 팔을 놓아주니 지우
는 잡혔던 팔이 꽤 아팠는지 손목을 몇 번 돌려보면서
인상을 썼다.

"힘만 더럽게 세선…."

"아무리 그래도, 거기서 그대로 놔두고 올 순 없었
어요."

"애초에 여기로 안 내려오고 몸 숨겼으면 이럴 일도

없었어."

　정윤은 못 들은 척 다시 지하로 발걸음을 옮겼다. 계단을 내려가면서 문득 깨달은 점은 지하가 생각보다 깊다는 사실이었다. 정윤이 평소에 학교 지하를 가본 적은 없었지만, 이 정도로 지하가 깊은 것은 말도 안 된다는 걸 어렵지 않게 깨달을 수 있었다. 정말 이렇게 끝도 없이 내려가다가 끝나는 것은 아닌지 내심 두려운 마음이 들었다. 지우가 벽을 짚고 천천히 정윤의 뒤를 따라 내려가면서 구시렁거렸다.

　"이 정도 내려왔으면 된 거 아냐? 이러다가 종 울리면 우리 다 같이 죽는 거다, 정윤아? 이제 올라가자."

　"말했잖아요. 어차피 어떻게 되든 다 똑같을 거라고. 전 내려갈 테니까 위에 올라갈 거면 혼자 가세요."

　"그래? 그럼 나 혼자 간다?"

　정윤이 걸음을 멈추고 고개를 돌려 지우를 바라봤다. 지우는 마치 올라갈 것처럼 코웃음을 치고 있었지만, 정작 몸을 돌려 계단 위로 올라가지는 않았다. 정윤 역시 같이 올라가야 한다는 것처럼 바라보고 있을 뿐이었다.

　"…안 올라갈 거면 따라와요."

　"너 진짜 버릇없다, 정윤아."

정윤은 지우의 말에 크게 귀 기울이지 않은 채 계단 아래로 계속 걸음을 옮겼다.

얼마나 걸음을 옮긴 건지, 어느 순간부터 더 이상 아무 소리도 들리지 않고 끝없이 내려가는 계단만이 보이는 풍경의 전부였다. 공기는 위층보다 더욱 습해졌고 슬슬 발이 아파져 오기 시작했다. 정윤은 정말로 계단 아래에 아무것도 없는 것이 아닌지, 그렇다면 지금이라도 위로 올라가서 지우와 같이 지내는 게 정답인 것가, 라는 극단적인 생각까지 들기 시작했다. 뒤를 돌아보지 않았지만 아마 지우 역시 슬슬 다시 위로 올라가자는 말을 꺼내려 시동을 걸고 있을 것이 뻔했다.

그리고 그때였다. 지하에서 올리는 소리에 정윤이 자리에서 그대로 멈춰 섰다. 무언가의 신음 소리였다. 지우가 급히 정윤에게 다가와서 어깨를 잡았다.

"올라가자. 분명히 저 소리는 괴물일 거야. 너, 괴물한테 먹히고 싶어? 말이 좋아서 괴물한테 먹히나 안 먹히나 똑같다고 하는 거지, 먹히는 순간의 그 고통은 상상도 못 하게 아파. 내가 겪어봐서 알아. 그러니까 올라가자. 너도 솔직히 무섭잖아."

틀린 말은 아니었다. 저 아래에서 나는 신음 소리

가 괴물의 것이라면, 더 이상 내려가는 것은 매우 위험한 일이었다. 하지만 그렇다고 해서 다시 위로 올라간다면, 저 위에서는 더 이상 해볼 수 있는 일이 없었다. 어찌 되었건 정윤은 저 아래로, 가장 낮은 곳으로 내려가야 했다.

생각이 거기까지 미치자 정윤은 지우의 손을 뿌리친 채 계단의 아래로 뛰어 내려갔다. 지우가 작게 아이씨, 하고 짜증을 내고서 어쩔 수 없이 뒤따라 나섰다.

한참 동안 끝날 줄 모르고 이어지던 계단에도 끝이 있긴 했는지, 정윤의 발이 바닥에 닿았다. 오히려 맨 아래, 가장 낮은 곳에 도착하니 어디서 새어 나오는지 모를 빛 덕분에 어둡긴 했지만 오히려 위쪽에 있을 때보다 상대적으로 시야가 더욱 확보가 잘 되었다. 그리고 그 덕분에, 정윤은 지하 바닥에 널브러진 사람들을 볼 수 있었다.

사람들의 꼴은 말이 아니었다. 팔다리가 비틀려 있거나, 괴생명체들이 반쯤 먹다 남긴 것인지 몸이 반 정도 사라져 있거나, 숨만 붙어서 간신히 호흡만 고르고 있었다. 보기만 해도 속이 울렁거릴 정도의 광경에 정윤이 급히 헛구역질이 나오려는 입을 틀어막고서 자리에 주저앉았다. 정윤이 주저앉는 소리에 앓는 소리를 내고 죽어가던 사람들이 일제히 정윤, 그리고 지우가 서 있는 쪽을 바라보았다.

"…이, 이 개새끼야!"

"너 때문에, 너 때문에 내가 지금 이렇게 됐어!"

"네가 무슨 생각으로 여길 기어 들어와! 뒤늦게 죄책감이라도 들었나 봐?"

죽어가던 사람들이 갑자기 일제히 이를 갈면서 지우에게 달려들려고 기어 오거나 몸을 일으키려고 악을 썼다. 덕분에 지우의 앞에 있던 정윤은 덩달아 자신이 잘못한 것도 아닌데 사람들에게 둘러싸이게 될 위기에 놓였다.

"너, 네 마음에 안 드는 새끼들 망치로 팔다리 갑자기 때려서 여기 아래로 밀어 넣을 땐 좋았지?"

"무슨 생각으로 내려왔는진 모르겠지만 너도 우리랑 똑같이 당해봐, 우리가 너 때문에 지금 이렇게 됐는데!"

악을 쓰고 기어 오는 사람들에게 정윤은 보이지 않거나, 오히려 지우와 한패로 인식되는 모양이었다. 어떡해야 하나 싶어서 뒤를 돌아 봤을 때 지우는 자신을 향해 몰려오는 사람들을 질색하는 표정으로 바라보고 있었다. 여기서 사람들에게 뭔가 말이 통할 것 같지는 않은 상황이라, 정윤은 어떻게 해야 할지 몰라 난처했다. 그리고 그때, 몰려드는 사람들의 뒤편에 익숙한 얼굴이 보였다. 재영이었다. 정윤은 자신의 발치까지 밀려드는 사람들을 바라보다 어쩔 수 없이 그대로 뛰어서 사람들을 밟고 재영 쪽으로 달려갔다. 지우가 정윤을 보고 화들짝 놀라 급히 뒤따라가려 했지만, 그대로 발목이 잡혀서 앞으로 나아갈 수는 없었다.

지우가 자기 발목을 잡아대는 사람들을 짓밟으면서 떼어내는 사이, 정윤은 바닥에 쓰러져 있던 재영에게 다가가 상체를 일으켜주었다. 재영의 하체는 무언가에게 뜯어먹힌 것인지 반쯤 사라져 있었다.

"괜찮아요?"

"시발…. 방심하는 사이에 저 새끼가 여기로 밀었어요…. 그동안 찾던 애들도 다 여기 있던 거 보면, 전부 다 여기로 밀어버린 거 같더라…. 어쩐지 아무도 밖으로 못 나오고 그대로 사라졌더라니…."

재영의 상태는 영 좋지 않아 보였다. 본인 역시 많이 지치고 힘이 드는지 말하는 것도 힘겨워 보였다.

"일단, 일단 위로 올라가서…."

"아냐…. 나 들고 올라가려면 꽤 힘들걸요, 나 지금

되게 상태도 안 좋고…. 일단 들고 올라가다가 그 괴물들 마주칠 확률이 더 높아요. 나는 뭐, 여기 올 때부터 이렇게 될 수도 있다고 각오했으니까….”

“정윤아!!”

자신의 발목을 잡으려는 사람들을 걷어차고 뿌리치면서 지우가 소리쳤다. 재영이 눈동자만 굴려서 지우 쪽을 잠시 바라보다가 다시 힘겹게 입을 열었다.

“여기…, 여기서 빛 나오는 곳, 그쪽에 문이 하나 있어요. 근데 거기…, 이상하게 나도 그렇고, 여기 있는 사람들, 우리는 못 열겠더라고요. 이상하게 열릴 거 같은데, 문이 계속 잠겨 있네…. 그래서 그냥, 든 생각인데…, 한 번도 안 잡아먹혔으면, 문이 열리지 않을까, 그런 생각을 해봤거든요…?”

“네…?”

“아직, 안, 잡아먹혔죠…? 잡아먹힌 적 없죠…? 그럼, 가서 한번 열어봐요. 나는 못 나가도, 한 명쯤은 나가야죠. 그리고, 저 새끼…, 좋은 꼴은 못 보죠….”

정윤이 재영의 말을 듣고 고개를 돌렸다. 과연 빛이 새어 나오는 곳에 문이 하나 있었다. 재영의 추측이 맞는다면 저 문을 열고 나가는 것이 정말로 이 세상에서의 탈출구가 될 수도 있을 것이었다. 정윤이 재영을 내려다봤다. 재영은 괜찮다는 듯, 어서 가보라는 눈짓을 보냈다. 위쪽에서 종소리가 들렸다. 꽤 아래쪽으로 내려왔음에도 어찌나 소리가 큰지 선명하게 들려왔다. 조심스레 재영을 내려놓은 정윤은 천천히 걸음을 옮겨 문 쪽으로 발걸음을 옮겼다. 빛이 새어 나오는 문은 정말로 어딘가로 향하리라는 것을 암시하는 느낌이 강했다. 정윤이 그대로 문손잡이를 잡고 돌리려 했다. 그런데 그 순간, 정윤의 몸이 순식간에 훅하고 기울었다. 급히 한 손으로 손잡이를 잡고 버틴 정윤은 뒤를 돌아봤다. 언제 잡혔는지 몸의 반 이상이 사람들에게 잡혀 있는 상태의 지우가 정윤의 발목을 꽉 붙잡고 있었다. 지우가 정윤의 발목을 놓치는 순간 사람들 사이로 끌려 들어갈 것이 뻔히 보였다.

"정윤아, 나 좀 도와줘! 내가 너 많이 도와줬잖아! 내가 네 부탁 들어줘서 이렇게 아래까지 같이 내려와 줬잖아! 너는, 너한테는 내가 아무 짓도 안 했잖아!"

"알았으니까, 일단 놔봐요!"

"놓으면 혼자 들어갈 거잖아! 누가 그걸 몰라!"

아무래도 정윤의 발목을 놓는 순간 사람들에게 끌려가게 생겼으니 지우도 쉽게 놔줄 기미가 보이지 않았다. 종이 울렸으니 곧 괴물들이 내려올 것이고, 여기서 지우를 도와주기엔 정윤 역시 여력이 없었다. 어떻게 해야 하지 망설이던 정윤은 그사이 천천히 지하를 향해 가까워지는 소리를 들었다. 고개를 든 순간, 정윤은 지우의 얼굴을 달고 있는 민달팽이 형태의 생명체와 눈이 마주쳤다. 민달팽이 생명체는 순식간에 정윤의 방향으로 뛰어오르다시피 달려들었다.

"으악!"

정윤이 일단 문손잡이를 놓고 몸을 바닥으로 날렸다. 민달팽이 생명체가 벽에 몸통을 박자 쿵, 하는 묵직한 소리가 지하에 울렸다. 아마 간발의 차로 피하지 못했다면 그대로 저 질척한 몸에 눌려서 뼈가 부서졌을지도 모를 일이었다. 민달팽이 생명체가 정윤이 몸을 돌린 쪽으로 고개를 돌리려다가, 정윤과 두 걸음 정도 떨어진 곳에 쓰러져 있던 남자에게로 시선을 옮겼다. 그리고 그 남자에게로 천천히 기어가며 입을 벌렸다. 남자에게는 미안하지만 정윤이 괴생명체를 피했다고 안심하기도 잠시, 지하로 또 다른 괴생명체들이 내려오고 있었다. 전에 보았던 눈에 뿔이 달린 괴생명체는 물론, 천장을 타고 지네처럼 생긴 생명체나 처음 보는 외형의 것들도 하나 둘 지하로 들어오고 있었다. 괴물들이 들어오자 지우를 잡고 있던 사람들은 하나둘 비명을 지르며 흩어졌다. 그러나 그들이 어딘가에 몸을 숨기거나 공격할 태세를 갖추기도 전에 괴생명체들이 입을 벌려 그들을 뜯어먹고 삼키는 행동이 조금 더 빨랐다.

"살려주세요, 살려줘!"

"싫어, 도와주세요! 제발요, 잘못했어요!"

사람이 산 채로 먹히면서 지르는 비명은 지옥의 밑바닥을 그대로 구현한 것과 다를 바 없는 소리였다. 여기서 빨리 나가야 한다. 정윤의 머릿속에 든 생각이었다. 더 많은 괴생명체들이 지하로 돌아오기 전에, 그것들의 관심이 잠시 자신을 떠난 사이에 빨리 몸을 피해야 했다. 정윤이 몸을 일으키려는 순간 발목을 잡아채어 다시 주저앉게 만든 것은 지우였다. 그리고 지우의 등 뒤에는 재영의 얼굴을 달고 있는 전갈처럼 생긴 괴생명체가 올라타 있었다. 정윤은 자신도 모르게 비명을 지르면 이 난장판 속에서도 괴생명체들의 이목을 집중시킬 수 있다는 사실을 본능적으로 깨닫고 급히 입을 틀어막았다. 재영의 얼굴을 한 전갈 모양의 생명체는, 지우가 조금이라도 격한 움직임을 보이면 그대로 꼬리의 침을 쏠 태세였다.

"나 데려가, 정윤아. 너 저기, 문 밖으로 나가려는

거잖아. 그럼 나도 데려가."

"놔, 놔요. 이거 놓으라고요."

"나 이거, 네 부탁 들어주느라 이렇게 된 거잖아. 그러니까 나 데리고 가. 너 손에 망치 있지? 그걸로 내 뒤에 있는 거 내리쳐, 빨리. 지금 안 내려치면 너는 나도 못 구하고 너 스스로도 잡아먹힐 걸."

정윤은 정신이 없어서 잠시 잊고 있었던, 자신의 손에 들려 있던 망치를 떠올렸다. 빠르게 결정을 내려야 했다. 그래도 지우를 구하려는 시도를 하는 것이 맞는 일일까?

"…일단, 일단 발목 놔줘요. 발목 놓으면 제가 바로 망치로 내리칠게요."

"싫어. …바로 나 버리고 도망가면 어쩌려고? 그 자세로도 내려칠 수 있어. 빨리, 다른 괴물들까지 여기 보기 전에!"

지우가 동요하자 등 위의 괴생명체 역시 침을 머리 위로 쳐들었다. 이러다간 지우가 당한 뒤 다음 상대가 정윤이 될 수도 있었다. 그게 아니더라도 다른 괴생명체들이 슬슬 다른 사람들을 먹는 것을 끝내고 자신 쪽으로 다가올 수도 있었다. 생각이 거기까지 미치자 정윤은 망치를 힘줘서 쥐었다. 자신이 결국 지우와 별

반 다를 바 없는 사람이 될 수도 있었지만, 지금 상황에서는 그것이 중요하지 않았다. 일단은 사는 것이 우선이라는 생각까지 미치자, 정윤은 두 눈을 질끈 감았다. 그리고 그대로 망치를 든 손을 하늘로 들었고, 땅을 향해 내리꽂았다.

무언가 부서지는 소리가 났다.

정윤이 숨을 고르며 눈을 다시 떴을 때 그 전갈 형태의 괴생명체도, 지우도 그대로 부서진 채 움직이지 않았다. 더 정확히 말하자면, 지우만 아무 반응이 없을 뿐 전갈 형태의 괴생명체는 꾸르륵거리는 기이한 소리를 내며 다시 으깨진 얼굴이 천천히 복원되고 있었다. 반대 발로 지우를 밀어냈지만 그때까지도 지우는 아무 반응이 없었다. 손이 떨려서 더 이상 망치를 들고 있을 수 없었다. 망치를 떨어트리는 그 순간, 몸이 반만 남은 사람을 녹여 먹고 있던 민달팽이 형태의 생명체가 다시 정윤 쪽으로 움직이기 시작했다. 더 이상 지체할 시간이 없었다. 정윤은 이 악물고 자리에서 일어나서 문을 향해 달렸다. 그리고 굳게 닫혀 있던 문손잡이를 돌렸다. 어디로 향하는 문인지 확실하지 않

다는 불안감보다, 먹히지 않겠다는 절박함이 먼저였
다. 문이 열리자 환한 빛이 새어 나왔다. 정윤은 그 빛
속으로 망설일 새도 없이 몸을 던졌다.

몸이 붕 뜨는 것도 같았다. 어딘가 허공에서 떨어지
는 느낌이 드는 기분도 들었고, 멍한 기분도 들었다.
그렇게 천천히, 정윤은 아주 천천히 눈을 감았다.

〈끝〉

'내가 해냄.'

편집본 확인 후 출판사 측에 수정 사항을 보낸 직후 든 생각이었다. 장편 작업 경험이 아예 없는 것은 아니었지만 본래 중단편 위주로 쓰던 사람이다 보니 아직도 장편을 써야 하는 상황이 닥치면 모험을 떠나는 기분이 든다. 게다가 이 책은 내가 2018년부터 꾸준히 써오던 필명 '코코아드림'이 아닌 본명으로 처음 내는 책이라서, 조금 더 출간에 대한 걱정이 크기도 하다. 사람이 항상 걱정만 하고 살면 독이라지만 새로운 시도를 하면서 드는 불안은 정말로 어쩔 수 없이 뒤따르는 것 같다.

오랫동안 글 작업을 하다가 이유 모를 번아웃이 찾아오고 막막한 기분이 들 때 내가 좋아하던 밴드의 팬사인회에 간 적이 있었다. 거기서 해당 밴드 소속 멤버에게 '공모전을 준비하는데 응원 멘트를 해줄 수 있는지' 부탁했다. 당시 실제로 공모전을 준비하던 것도 맞았지만 막막한 상황 속에서 내가 좋아하는 인물에게 응원을 받고 싶었던 막연한 마음도 어느 정도 있었던 것 같다. 그때 들었던 응원이 아직도 기억에 남는다.

'흔들릴 수 있어도 부러지지만 않는다면 당장 좋은 결과를 얻지 못한다 해도 언젠가 너의 진가를 알아봐 주는 곳이 있을 것이다.'

이 말은 요새도 글을 쓰다가 포기하고 싶어질 때마다 마음속으로 계속 되새기는 말이기도 하다. 물론 번아웃을 벗어나기까진 그 이후로도 적지 않은 시간이 걸렸지만, 그래도 그 말을 생각하면서 어떻게든 빠른 회복을 해보려 노력을 기울였던 것 같다.

예전부터 나는 "호러문학계의 아이돌이 되고 싶다." 내지는 "일상 속의 비일상을 쓰고 싶다."라는 말을 자주 해왔다. '호러문학계의 아이돌'은 어느 작가께서 내 글을 리뷰할 때 붙여주셨는데, 상당히 마음에 들어서 계속 사용하고 있는 별명이다. 물론 나보다 잘 쓰는 작가들이 많고 내가 가야 할 길이 멀다보니 이 말이 언제 이루어질지는 사실 나조차도 잘 모른다. 그래도 계속 쓰다 보면 언젠가는 이뤄지지 않을까, 라는 막연한 믿음으로 글을 쓰고 있다. 특히 최근 들어서는 더 다양한 형식의 글들을 도전해보고 싶다는 생각이 있어서, 계속 이러한 도전을 진행해본다면 더 좋은 결과를 기대해볼 수 있지 않을까 하는 생각도 내심 가지고 있는 편이다. 아직도 나 스스로를 '작가'라고 부르는 것이 많이 어색하고 낯간지럽지만, 어쨌든 늘 얘기하는 대로 30년 정도 글을 쓰다 보면 지금보다 더 다양한 도전을 하는 멋있는 사람이 되어서 '작가'라는 타이틀도 더 이상 어색하지 않을 것이다.

　끝으로 파이팅 하라고 응원해주는 동생들 희정이, 예은이, 가온이, 그리고 여러 부분에서 많은 도움을 주는 덕질 메이트에게 감사하다는 인사를 보내고 싶다. 항상 응원해주는 사람이 있다는 것은 정말 행복한 일이라는 걸 이 사람들을 통해서 느낀다.

2024년 9월

김규로

사람 아닌 것들

초판 1쇄 발행 2024년 9월 10일

지은이 김규로
펴낸이 나성채
디자인 김선예, 이수정
마케팅 박동준

발행처 오러 orror
등록 2023년 4월 26일(제2023-000003호)
주소 32134 충청남도 태안군
      태안읍 원이로 302, 204동 205호
전화 02.324.3945-6 팩스 02.324.3947
이메일 orrorpub@gmail.com

ISBN 979.11.93984.08.6 04810
      979.11.983254.0.2 04810(세트)